OHDAKEMAAN

VAELTAJIEN TARINOITA

Tässä maailmassa vaeltaville,

etenkin eksyneille ja harhailijoille;

matkaoppaaksi, huviksi ja hyödyksi,

kenties avuksi kartanlukemiseen

ja suunnistamiseen.

Kaikille, jotka tietävät etsiä porttia

ja joilla on vastaanottavainen

ja vastuullinen sydän avaimen haltijoiksi.

Kaikkeuden Luojalle kunniaksi,

vaihtoehtoiseksi poluksi niille, jotka ovat

kyllästyneet seuraamaan sisimmälleen sokeitten

mylvivää laumaa,

ja siemeneksi sinne,

missä on otollinen maaperä.

T. H. Hukka

Ohdakemaan

Vaeltajien tarinoita

© 2020 Hukka, T. H.
Kustantaja: BoD – Books on Demand, Helsinki, Suomi
Valmistaja: BoD - Books on Demand, Norderstedt, Saksa
ISBN: 978-952-802-310-4

Kuvitus ja kannet: T. H. Hukka

OHDAKEMAA

*Sinä maailmanaikana, kun ihmiset eivät vielä tienneet, minne
maan ääret ulottuivat, eivätkä viestit kulkeneet maan päältä
avaruuksiin, ihmismieli askarteli kovin arkisissa asioissa; pelä-
ten sitä, mitä ei voinut käsin koskettaa, käsittää ja ottaa hal-
tuunsa, ja etsien turvaa siitä, mikä oli tuttua. Jos ihmislapsi ei
syntynyt turvalliseen syliin eikä saanut kokemusta siitä, että hän
saisi kaiken, mitä elääkseen tarvitsee, hänelle jäi kyltymätön
nälkä. Tämä nälkä on nimeltään Ahneus.
Ja silloin, kun Ahneus yhtyy pelkoon siitä, että joku muu vie sen,
mitä itse tarvitsisi, syntyy vallanhalua. Ja pelokkaasta vallanha-
lusta sikiää järjetön ja sokea tuhovimma.
Edelleen on niin. Vaikka maailma muuttuukin ulkoisesti,
ihminen on aina altis pelkäämään sitä, mitä ei ymmärrä,
ja mitä ei saa hallintaansa.
Ja jos kylvät ympärillesi lisää pelkoa, jokainen ohdake, joka
juurtuu viljelysmaahasi, on vastustava pelon ylivaltaa.*

*Tässä on siemen,
missä on viljelysmaa?*

LUKIJALLE

Olipa kerran olento, joka oli. Se olet sinä, ja se olen minä. Tämä ei kuitenkaan ole minun tarinani, eikä oikeastaan sinunkaan. Minä en sitä paitsi ole minun tarinani, etkä sinä ole sinun tarinasi. Tarinoitten henkilötkään eivät ole todellisia, ja silti tarinat voivat kuvata todellisuutta mielen sepustusten takana. Tarinat ovat oivaltamista varten, eikä sillä ole niin väliä, kuka nämä tarinat loppujen lopuksi kertoo, tai mistä ne ovat saaneet alkunsa. Pääasia on, jos tarinoitten kautta oivaltaa jotakin oman mielensä tuolta puolen ja elää oivalluksensa todeksi.

Ei kukaan voi tarinoimalla ”pelastaa” ketään, eikä muuttaa kenenkään maailmaa. Se, joka kirjoittaa tai lukee, saattaa kuitenkin muuttaa oman maailmansa muuttumalla itse. Kukaan ei voi olla enempää tai vähempää kuin se olento, joka on, ja tarkoituksemme on elää todeksi sitä, mitä olemme. Joskus tie todelliseen elämään kulkee ikään kuin ahtaan portin kautta. Joku olento voi mennä edeltä portista, jos se tietää, missä portti on, ja miten siitä mennään läpi. Kuka tietää, onko joku löytänyt oikealle portille, tai päässyt portista sisään? Onko hänellä ollut oikea avain juuri siihen porttiin? Jos joku toinen menee sisään edeltä, hän ehkä tunnistaa paikan, josta on kenties joskus kuullut.

Ohdakemaan Vaeltajien sepittämiin tarinoihin on piilotettu kartta portille. Vaeltajia seuraamalla pääset ehkä portille asti. Mutta löydätkö portinoveen sopivan avaimen; se jää nähtäväksi! Sitä ei näet välttämättä voi antaa toiselle, vaikka joku olisikin sen itse löytänyt. Se saattaa kadota, vaikka sen saisi toiselta. Se on nimittäin olemassa vain hetken; silloin, kun se on. Mutta jos sitä ei ole, se voi silti tulla haltuusi – juuri nyt.

Ohdakemaan maailmassa Vaeltajat ovat saattaneet päästä portille saakka ja saada kukin myös oman avaimensa; ennemmin tai myöhemmin. He opastavat toisia kulkijoita omalla esimerkillään, ja kertovat joskus tarinoitakin, jos joku on halukas sellaisia kuulemaan. Vaeltajien opetuksia esiintyy siellä täällä Ohdakemaan henkilöhahmojen kertomissa tarinoissa. Jotkut näistä tarinoista ovatkin jo ehkä tuttuja Ohdakemaahan perehtyneille lukijoille. Kokoelman aloittaa tarina "Ahneesta kuninkaasta", jonka Vaeltaja Daniyeel kertoi Vaskikallion Petrukselle ennen kuin tästä tuli Jooel Vaeltaja. Mukana on myös Vaeltajasoturi Jaechimin prinsessa Jelisepalle kertoma tarina pojasta, joka sai elää, sekä erään peiteroolissa eläneen Vaeltaja Niigon tarinat onnellisista miehistä, jotka hän kertoi Molcavarathian kuningattarelle ollessaan tämän henkilökohtaisena palvelijana. Muissa tarinoissa kerrotaan muun muassa kuilusta, ihmeavaimesta, elämänvirrasta, erilaisista otuksista ja olennoista, kuninkaista ja kerjäläisistä.

Vaeltajien sepittämät tarinat antavat ehkä välähdyksiä ihmisen selviytymistaistelusta tällä maanpäällisellä vaelluksellaan; taistelusta, josta osa on loppujen lopuksi turhaa ja aiheuttaa vain enemmän kärsimystä. Kärsimystä ei näet voi välttää tässä maailmassa, ja taisteleminen sitä vastaan silloin, kun se on jo olemassa, vain lisää sitä. Voin kyllä yrittää välttää tuottamasta sitä toisille, ehkäistä sitä ja lievittää sitä. Myötätunto kärsiviä kohtaan on kallisarvoista ja hyväksi; mutta sekin on kärsimystä. Vain välinpitämättömyys, turtumus, säästäisi myötäkärsimykseltä. Mutta puutuminen ei ole elämää. Elämähän on tuntemista; puutumus on kuin sisälle jäädytetty elämä.

Ja silti yritämme ehkä vältellä kärsimyksen kokemista, jos sellaista uhkaa tulla tiellemme, ja välttely tekee matkallemme turhia mutkia; tai jäämme kenties kiertämään kehää. Joskus kärsimys vain on ja pysyy edessämme, ja meidän on mentävä siitä läpi, koska kiertotie saattaisi viedä harhaan.

Entäpä jos kärsimys olisikin oppaani, tai suorastaan portti pelastukseen? Haluaisinko löytää avaimen?

Etsivä löytää.

AHNE KUNINGAS

Olipa kerran kuningas, joka eli maassa, jossa kasvoi paljon hyvää viljaa, ja jonka väki sai elää yltäkylläisyydessä ja nauttia kaikista maan antimista. Kuningaskin rikastui ja rikastui, koska hänelle riitti kaikkea yllin kyllin. Mutta rikastuessaan hän tottui yltäkylläisyyteensä, kävi omistushaluiseksi siitä, mitä oli itselleen haalinut, ja riippuvaiseksi niistä kaikista nautinnoista, joita rikkaudellaan sai hankituksi. Riippuvuus sekoitti kuninkaan mielen, ja alkaessaan pelätä nautintojensa loppumista hän halusi varmistaa, ettei häneltä enää koskaan puuttuisi sitä, mistä hän luuli onnensa olevan kiinni. Niinpä kuningas ahnehti ja haali itselleen aina vain lisää tuota kaikkea, koska mitä enemmän hän nautiskeli, sitä vähäisemmäksi kävi hänen nautintonsa. Hän sai kaiken, mitä halusi, mutta kyllästyi pian, ja etsi aina vain uutta, ja enemmän, ja enemmän.

Mitä kiihkeämmin tuo kuningas halusi lisää ja enemmän, sitä ovelammaksi hän tuli siinä, miten lisäisi rikkauksiaan ja nautintojaan. Hän turrutti omatuntonsa pystyäkseen riistämään omaa kansaansa ja muita kansoja, jopa tappamaan väkeä, jos se oli tarpeen, koska halusihan hän varmistaa, ettei hän vain koskaan menettäisi sitä, mistä oli tullut riippuvaiseksi.

Niinpä kuningas yhä vain rikastui ja rikastui, ja hänen valtansa laajeni ja laajeni. Mutta hän tarvitsi aina vain lisää ja enemmän sitä, mihin hän mässäillessään kyllästyi. Hänen vatsansa kasvoi, aistinsa turtuivat, ja hänen ahnas suunsakin kävi entistä suuremmaksi! Hän alkoi vallata kaukaisia kyliä, jopa valtakuntia, aivan kuin hankkiakseen uusia viljelysmaita, joissa kasvattaisi lisää noita nautinnonlähteitään. Ja jos joku ei antautunutkaan hänen pellokseen, hän halusi tuhota koko alueen.

Kuningas yritti kylvää oman riippuvuutensa siemeniä muihin valtakuntiin, jotta näistä tulisi hänen orjiaan, ja keräsi ympärilleen samoja asioita tavoittelevia ihmisiä tukemaan itseään noissa pyrkimyksissään. Mutta hänen valitsemansa apuritkin olivat nautinnonhaluisia ihmisiä. Hekin ruokkivat omaa ahneuttaan ja tulivat riippuvaisiksi mukavasta elämästä ja nautinnoista, ja riippuvuus teki heistäkin sairaalloisen itsekkäitä tarpeissaan ja teoissaan. He eivät halunneet antaa omastaan toisille mitään, elleivät kokeneet, että heillä itsellään oli yllin kyllin ylimääräistä.

Ennen pitkää niin ylimysväki kuin kaikki kansalaisetkin alkoivat haluta itselleen samanlaista mukavuutta ja yltäkylläisyyttä kuin kuningaskin. Kansa vaati lisää mukavuuksia, lisää herkkuruokaa, lisää viihdytyksiä, paremmat asunnot, ja kaikkea muutakin sellaista, josta ylhäisemmän väen tiedettiin nauttivan.

Niinpä kuningas alkoi kyräillä ja pelätä sekä omia hallintomiehiään että kansaansa. Pelko sai hänet entistäkin kiivaammin varmistelemaan, ettei hän vain menettäisi sitä, mistä kuvitteli oman onnensa olevan kiinni. Hänestä tuli entistäkin röyhkeämpi ja tunnottomampi. Hän yritti kylvää omien riippuvuuksiensa siemeniä kaikkialle, jotta se kasvusto valtaisi koko maan, ja jotta hänellä riittäisi aina orjuutettavia ja palvelijoita. Kun kaikki olisivat riippuvaisia samoista asioista kuin hänkin, kaikki palvelisivat häntä, kun haluaisivat samaa kuin hän itse!

Mutta samalla kuninkaan oma pelko kasvoi. Olivathan hänen palvelijansakin tulleet riippuvaisiksi, ahneiksi, röyhkeiksi ja tunnottomiksi. He varastivat hänen varastoistaan, tappelivat keskenään ja uhittelivat ylemmilleen. Kuningas olisi halunnut heidän tyytyvän vähempään, mutta itsehän hän oli opettanut kansansa vaatimaan mukavuuksia ja yltäkylläisyyttä. Tämä ristiriita teki kuninkaan entistä hullummaksi ja epätoivoisemmaksi, ja hän hautasi pelkonsa huumaaviin nautintoihin.

Sitten kuningas sai kuulla, että hänen kylvämissään pelloissa kasvoikin ohdakkeita; sitkeäjuurisia, piikikkäitä kasveja. Hän yritti tuhota ne. Hän lähetti palvelijoitaan silpomaan niitä, kiskomaan ne juuriltaan, myrkyttämään niitä, polttamaan ne tulella. Mutta aina jostakin ilmaantui uusi ohdake, ja nuo kasvit levisivät ja levisivät, ja lopulta ne alkoivat tukahduttaa kuninkaan kylvämää ahneuden ja itsekkyyden kasvustoa.

Jotkut kuninkaan palvelijat huomasivat, että ohdakkeesta saikin lääkettä, joka lievitti riippuvuudesta ja erilaisista nautinnoista johtuvia vaivoja. Mutta kuninkaalle tämä tieto tuli myöhässä. Hänen

jälkeläisensä, jonka hän oli ehtinyt kasvattaa riippuvaiseksi saman-
laisista elämäntavoista, oli jo surmannut hänet päästäkseen itse
kuninkaaksi. Ja tuo jälkeläinen hyökkäsi yhä kiivaammin ohdak-
keita vastaan ja tappoi ne palvelijansa, jotka väittivät ohdakkeitten
olevan lääkkeitä. Hän ei halunnut lääkitä kansaansa. Hän halusi
kansansa olevan riippuvainen, koska riippuvaisia on helppo orjuut-
taa, ja ylellisen ja mukavan elämän ylläpitämiseen tarvitaan orja-
työvoimaa. Orja itse ehkä haluaisi vapautua, mutta hän on riippu-
vuutensa vanki, eikä osaa vapautua siitä ilman apua. Mutta vanki
on myös sellainen kuningas, joka on riippuvainen; ja hän oli Mol-
cavarathian kuningas.

Taistelu vapaudesta jatkuu edelleen maassa, joka sai nimekseen
Ohdakemaa. Se oli osa ahneen kuninkaan valtakuntaa, mutta oi-
keamielinen kuningas halusi vapauttaa sen orjuuden ikeestä. Ja
niin tuo valtakunta yhä taistelee, ettei joutuisi uudelleen kahlee-
seen, jota ei sidota jalkaan, vaan ihmisen mieleen.

Jokainen Vaeltaja, joka haluaa olla ohdake siinä maaperässä,
johon on kylvetty itsekkyyden ja ahneuden viljaa, tuntee kutsun
oikaista vääryys, parantaa sairaus, rakastaa sitä, joka ei kykene itse
rakastamaan. Rakkaus on näet lääke, joka parantaisi myös ahneen
kuninkaan.

Meillä kaikilla on sisäinen peltomme. Siellä voi olla ohdakkeita,
jotka saattavat olla rikkakasveja sellaisessa pellossa, jossa on tar-
koitus kasvattaa jotakin muuta. Mutta silloin, kun puhutaan Ohda-
kemaasta, sanalla on kahtalainen merkitys. Se muistuttaa kyllä
myös meidän kunkin oman pellon ohdakkeista, joita tulee kitkeä,
jotta hyvä kasvu tuottaisi aikanaan hedelmää. Mutta jos tuo pelto
onkin ahneen kuninkaan viljelysmaa, jossa kasvaa riippuvuutta,
ahneutta ja vihaa, jokainen ohdake on taistelija hyvän puolesta ja
lääke kaikille sairastuneille.

VANKI, LINTU JA IHMEAVAIN

Olipa kerran vanki, joka oli koko elämänsä elänyt pakkotyö-
läisenä, eikä osannut ajatellakaan pääsevänsä joskus va-
paaksi. Hän vain kiertää kehää, joka on hänelle määrätty,
ja tekee sen, minkä ennenkin, eikä edes nosta katsettaan pakko-
työstään. Eräänä päivänä jotakin tippuu hänen niskaansa, ja hän
nostaa katseensa hämmästyneenä. Silloin hän huomaa, ettei vanki-
lassa olekaan kattoa, ja näkee taivaan. Taivaalla lentelee lintuja.
Jonkun linnun jätös on pudonnut hänen niskaansa, ja siinä piilee
siunaus. Hän tuli nähneeksi sinisen, avaran taivaan.

Vanki unohtaa hetkeksi pakkotyönsä ja lähtee harhailemaan ym-
päriinsä, tähyillen taivaalle ja siellä lenteleviin lintuihin. Mutta
eihän niin voi jatkaa; alituiseen taivaalle katsoessaan hän kompas-
tuu ja kaatuu rähmälleen. Kun hän nousee kontalleen, hän näkee
edessään portin, joka on ollut piilossa risukon takana. Mutta van-
ginvartijat huutavat jo käskyjään, varoituksiaan ja uhkauksiaan, ja
silloin vanki muistaa, että hänen täytyy palata työhönsä. Muuten-
han tapahtuu jotakin kamalaa. Ainakin hän saa raippoja ja yhä
enemmän työtä; niinpä hän palaa tilkulleen ja jatkaa samaa kuin
ennenkin.

Toisena päivänä vanki saa taas linnunjätöksen niskaansa. Siitä
hän muistaa taivaan, ja myös sen, miten kävi, kun hän lähti kompu-
roimaan ympäriinsä taivaalle katsoen. Nyt hän on viisastunut, ja
menee omasta aloitteestaan kontalleen. Kun hän ryömii, hän näkee
pensaitten ja puskien alta paljon enemmän kuin aiemmin. Maan
tasolta hän näkee useitakin erilaisia portteja ja ovia, mutta ne näyt-
tävät kaikki olevan lukossa, eikä hänellä ole aavistustakaan siitä,
mistä hän voisi löytää avaimen. Hän lannistuu ja palaa työhönsä;
ovathan vanginvartijat taas jo huhuilleet häntä.

Kolmantena päivänä vanki muistaa taivaan jo ennen kuin lintu
kakkii hänen niskaansa. Hän on oppinut virheistään, eikä enää

katsele koko aikaa taivaalle, eikä myöskään lähde turhaan ryömimään porteille, joihin ei kuitenkaan ole avainta. Piiskanisku havahduttaa hänet ajatuksistaan, ja hän katsoo ylös juuri oikealla hetkellä nähdäkseen linnun, joka liitelee hänen yläpuolellaan. Linnun jalasta roikkuu hohtava avain. Vanki tietää, ettei mitenkään ylety avaimeen, vaikka hyppisi ja kurottelisi. Hän turhautuu ja vimmastuu ja heittää kuokallaan lintua kohti, ja niin lintu tipahtaa taivaalta maahan. Vanki kiirehtii pudonneen linnun luo saadakseen hohtavan avaimen, mutta avain haihtuu näkyvistä hänen silmiensä edessä. Jäljelle näyttää jäävän vain kuollut lintu.

Vanki itkee ja katuu kuolleen linnun äärellä, kunnes vartijoitten huudot pakottavat hänet palaamaan työhönsä. Hän saa raippoja, koska hukkasi kuokkansa. Hän katuu ja suree lintua kolme päivää, ja miettii, ettei ansaitsekaan saada avainta, eikä päästä vapaaksi. Mutta neljäntenä päivänä hän saa taas linnunkakkaa niskaansa, kun kuokkii omalla tilkullaan. Hänen yläpuolellaan liitelee taas lintu, ja sen jalassa on hohtava avain. Hän näkee vankitoverinsa houkuttelevan lintua oman ainokaisen leipänsä avulla. Lintu laskeutuu tuon toisen vangin luo, ja hän näkee, miten tuo toinen vanki saa avaimen linnun jalasta, kun lintu saa leipää. Hän seuraa tuota toista vankia, joka juoksee kohti risukkoa ja jotakin risujen takana piilossa olevaa porttia. Katkeruus saa vangin huutamaan vartijoille, että vankitoveri yrittää paeta. Vartijat nappaavat tuon toisen vangin, ja hohtava avain putoaa maahan, kun toinen vanki viedään takaisin tilkulleen ja ruoskittavaksi.

Vanki näkee avaimen hohtavan kuivassa ruohossa. Kipeästi hän haluaa saada sen itselleen ja kiirehtii sitä kohti, mutta samassa avain onkin kadonnut hänen silmiensä edessä. Nyt vanki kaatuu kasvoilleen maahan itkemään. Hän kuulee toisen vangin kärsimyksen huudot, kun tämä saa raipaniskuja yritettyään paeta. Hän itkee ja katuu katkerasti.

Seuraavana päivänä vanki katselee aika ajoin taivaalle, eikä lintuja näy. Hän on aikeissa syödä eväitään, mutta muistaa sitten edellisen päivän opetuksen, ja kohottaakin nyt leipänsä kohti taivasta. Sieltä tulee lintu, joka kyllä nappaa hänen leipänsä, muttei sillä olekaan avainta; se vain ottaa hänen leipänsä ja lentää pois. Vanki jatkaa työtään nälkäisenä, mutta havahtuu, kun se vankitoveri, jonka hän edellisenä päivänä ilmiantoi vartijoille, heittää hänelle puolikkaan leivästään. Hän kiittää, itkee ja syö, ja jatkaa työtään.

Seuraavana päivänä jotakin tipahtaa taas hänen niskaansa. Se tuntuu nyt erilaiselta kuin linnunjätös, ja kun hän kokeilee sitä, hän tuntee sormissaan viilean metallin. Hän katsoo esinettä varovasti. Se on avain. Se hohtaa ja tuntuu ikään kuin väreilevän. Hän pelkää, että avain katoaa, tai että vartijat huomaavat hänet ennen kuin hän ehtii lähimmälle portille. Niinpä vanki säntää liikkeelle, mutta kompastuu kiireissään. Avain lentää hänen kädestään jonnekin. Hän näkee yhden ikivanhan ja raihnaisen vankitoverinsa havahtuvan ja lähtevän konttaamaan kohti paikkaa, jonne avain ehkä tipahti. Vanki on aivan vähällä huutaa vartijoita paikalle, mutta saa hillityksi huutonsa. Vanha vankitoveri ryömii risukkoon ja katoaa. Illalla vanhus löydetään risukosta kuolleena, mutta hänen huulillaan on levollinen hymy.

Seuraavana päivänä vanki tekee työtään lannistuneena, itseään surkutellen. Jotakin tipahtaa hänen niskaansa, ja se on taas linnunjätös. Hän nostaa väsyneesti katseensa, ja näkee jotakin muutakin putoavan. Hohtava esine tipahtaa suoraan hänen tilkulleen. Se on uusi avain. Vanki kumartuu ja ottaa sen varovasti käteensä, piilottaen sen nyrkkinsä sisälle. Hän toimii nyt hiljaa, hitain liikkein, keskittyneenä ja valppaana, ettei herättäisi vartijoitten huomiota. Hän ohittaa vankitoverinsa tilkun; sen toisen, jonka hän ilmiantoi, ja joka silti antoi hänelle puolikkaan leipänsä. Hänen mielensä on kiinnittynyt risukon takana piilottelevaan porttiin, mutta syystä tai toisesta hän pysähtyykin, kumartuu toverinsa puoleen ja sujauttaa avaimen tämän käteen. Sitten hän palaa omalle tilkulleen ja jatkaa kuokkimista.

Seuraavana aamuna tuo toinen vankitoveri on edelleen omalla tilkullaan, mutta lauleskelee työtä tehdessään ja tervehtii häntä iloisesti. Kaikkien tilkkuja on hieman laajennettu, ja töitä näyttää olevan enemmän. Vanki kuokkii ja kuokkii. Äkkiä hän tuntee niskassaan ikään kuin siipien läimäyksen. Hän katsoo taakseen, ja näkee saman linnun, jota hän heitti kuokalla. Se ei olekaan kuollut. Tai ehkä onkin, koska se häviää saman tien, mutta sen jäljiltä hänen niskaansa jää outo tunne. Tunne ei katoa, vaikka taivas hiljenee ja käy usvaiseksi. Vanki syö nyt eväsleipänsä yksin, koska lintuja ei näy. Tunne hänen niskassaan saa hänet käymään makuulle, kun vartijatkin tuntuvat hiljenneen, eivätkä näytä huomaavan hänen lepotaukoaan. Tai ehkei hän enää kuule vartijoitten huutoja ja uhkauksia, kun hän keskittyy tunteeseen niskassaan.

Tulee hiljaista ja rauhoittavan harmaata, sumuista. Vanki nousee kontalleen ja lähtee sumun läpi etsimään risukkoa. Hän satuttaa kätensä useamman kerran, ja kolhii polvensakin. Mutta se on toisaalta hyväksi, koska ilman kolhuja ja naarmuja hän saattaisi nukahtaa kesken matkan. Hän on niin väsynyt, ja kaikki on niin sumeaa. Lopulta hän suorastaan törmää puiseen porttiin. Hän nousee tunnustelemaan sitä, ja hänen sormensa löytävät avaimenreiän. Sitten hän muistaa, ettei hänellä ole avainta. Hän vain lähti portille, vaikkei hänellä ollut välähdystäkään avaimesta; vain sumea, väsynyt, omituisen hiljainen olo, ja tuo niskassa kihelmöivä tunne.

Samassa hänen kädessään tuntuu jotakin viileää, metallista. Se hohtaa hänen silmissään. Se on avain. Hän laittaa sen avaimenreikään ja kääntää. Lukko avautuu, ja vanki saa vedetyksi ovea raolleen. Mutta portin ulkopuolella on pelkkää valoa; ei mitään näkyväistä. Hän ei näe mitään muotoja, eikä tunnista mitään, joten hän ei uskalla mennä eteenpäin. Hän vetää portin kiinni peloissaan, muttei laita sitä enää lukkoon, koska arvelee, että ehkäpä joku muu uskaltaakin mennä paikkaan, jossa on pelkkää valoa, muttei nähtäviä muotoja. Hän itse ei uskalla.

Vanki ryömii toisaalle ja törmää uuteen oveen. Hän kokeilee avata sitä samalla avaimella, mutta silloin avain katoaa. Tuo ovi aukeneekin itsestään hänen edellään. Se takana on kuitenkin vain pimeyttä; kammottavaa, ja kuitenkin puoleensa vetävää pimeyttä. Vanki pelästyy ja vetää oven kiinni perääntyessään. Hän konttaa kiihtyneenä eteenpäin ja osuu toiselle ovelle. Sekin avautuu itsestään, ja näkymä on kirkas ja räikeä. Oven takana näyttää olevan kaikki maailman rikkaus. Mutta kynnystä pitkin häntä kohti hiipii limainen käsi, joka yrittää tarttua häneen ja vetää hänet mukaansa. Vanki lyö kättä ja pakenee kauhuissaan.

Paetessaan vanki osuu taas toiselle portille, ja sekin avautuu käsin koskematta ja ilman avainta. Hän tuntee avautuvan tilan kutsuvan itseään, ja astuu askelen kynnyksen yli. Kaikki toden totta näyttää hyvin viehättävältä, suorastaan viettelevältä. Vanki haluaisi kyllä mennä eteenpäin, mutta tunne siipien läimäyksestä niskassa varoittaa häntä. Nyt hän huomaa, että kaiken tuon viehättävän keskellä seinät tuntuvat aivan kuin lähestyvän toisiaan. Ne tunkevat yhä lähemmäs häntä, kunnes hän tuntee olonsa tukalaksi, uhatuksi, kiinni takertuneeksi. Hän alkaa ikään kuin puristua kasaan ja kutistua, ja pakokauhu salpaa hänen hengityksensä. Hän sulkee silmänsä ja kuvittelee linnun kynsien tarraavan niskaansa ja vetävän hänet takaisin, portin ulkopuolelle. Hän jää läkähdyksissään nojaamaan porttiin, kunnes hänen hengityksensä tasoittuu.

Hän kuulee ikään kuin kaikkien taivaan lintujen ääntelevän yhtä aikaa, ja hänestä tuntuu kuin ne sanoisivat hänelle, että kaikki ne portit ja ovet, jotka avautuvat ilman avainta, ponnistuksetta, ovat vaarallisia, kuin ansoja, ja niistä sisälle eksyvät menettävät elämänvoimansa. Vanki jää vielä hetkeksi paikoilleen siihen, järkyttyneenä ja lannistuneena, kunnes vartijat alkavat huutaa, että hänen pitäisi jo olla tekemässä omaa työtään, tai muuten hän saa raippoja laiskottelustaan.

Vanki palaa hitain askelin tilkulleen. Kuluu päiväkausia, ja hän vain kuokkii ja kuokkii. Yhtään vankitoveria ei ole kadonnut, ja vanki miettii, ettei kukaan muukaan ilmeisesti halua tai uskalla paeta valon ja muodottomuuden maailmaan. Jotkut vangeista tosin näyttävät hieman iloisemmilta kuin aiemmin, ja katselevat yhä useammin taivaalle. Niinpä vanki vain kuokkii, kuuntelee vartijoittensa huutoja, käskyjä ja solvauksia, ja saa välillä raippoja, jos laiskottelee tai haaveilee. Linnut kakkivat hänen niskaansa, päivä toisensa jälkeen. Hän tietää, että joillakin niistä on avain, ja että hän kyllä saisi sen uudelleenkin, jos antaisi niille vastineeksi leipää. Ja hän tietää jättäneensä sen yhden tietyn portin auki. Mutta eihän hän uskaltanut mennä siitä, vaikka saikin sen auki. Ei hän uskalla mennä maailmaan, jossa ei ole mitään nähtävää, koska hän pelkää eksyvänsä ilman näköhavaintoja.

Mutta tunne hänen niskassaan ei ole kadonnut. Vanki tuntee, että jotakin toisenlaista on olemassa, vaikkei hän sitä näkisikään. Ja eräänä päivänä, kun hän on tehnyt työtään liian laiskasti ja saa taas muutaman raipaniskun selkäänsä, hän keskittää huomionsa tuohon tunteeseen niskassaan. Hän kuvittelee että koko hänen olemassaolonsa olisi kiinni tuosta tunteesta. Raipanisku kirvelee, ja kun linnunjätöskin vielä osuu avoimeen haavaan, se kirvelee yhä enemmän. Vanki katsoo taivaalle ja näkee yhä enemmän lintuja ja hohtavia avaimia. Hän ymmärtää nyt, ettei se, mitä hän näkee, ole välttämättä olemassa, vaan hänen mielensä on seonnut, jos hän niin luulee. Hän näkee vankitovereittensa leijuvan ja räpistelevän taivaalla ja viskelevän toisilleen leipiä ja kuokkia, ja hän kuulee ääniä; kirkumista, hohotusta, käskyjä, pilkkanauruja, raakuntaa, hätähuutoja, houkuttelevaa laulantaa.

Vanki tukkii korvansa vaatteestaan repimillään tilkuilla, ja sulkee silmänsä tiukasti. Kipu ja kirvely hänen niskassaan ei lakkaa. Hän ei näe mitään eikä kuule mitään, mutta hän tuntee. Hän tuntee kivun, mutta se alkaa laantua, kun hän tavoittaa uudelleen myös sen tunteen, jonka linnun siipien läimäisy häneen jätti. Se, mikä oli hänen silmissään näyttänyt kuolleelta, olikin koskettanut häntä, ja nyt se muistuttaa siitä, että hän elää. Hän saattaa yhä, ilmankin korvia ja silmiä, laskeutua kontalleen ja alkaa ryömiä. Hän saattaa tuntea kulkevansa oikeaan suuntaan. Hän etenee kaiken sen läpi, mitä kuvitteli risukoksi ja kivikoksi, kunnes tuntee edessään puisen portin. Portti ei ole lukossa, eikä hän tarvitse avainta, vaikka saattaakin yhä muistaa sen tuntuman. Hän tuntee kaiken, mikä on juuri siinä, juuri nyt, omilla sormillaan, vaikkei sitä näekään.

Hän raottaa ovea ja tuntee raikkaan ilmavirran kasvoillaan ja koko kehossaan. Hän vetää syvään tuota raikasta, virkistävää ilmaa. Se ilma liennyttää kivun hänen haavoissaan ja kolhuissaan. Hän vain istuu ja hengittää, ja tuo siipien kosketuksen tunne hänen niskassaan leviää kauttaaltaan hänen jäseniinsä. Hän tuntee olevansa enemmän elossa kuin koskaan. Hän tuntee voimakasta iloa siitä, miten saattaakaan olla sillä tavoin elossa, ja tuntea sen. Vaikkei hän näe mitään, hän tietää olevansa olemassa, ja että hänessä on rauha. Hän on rauhassa, ja hän on vapaa. Hän ottaa tilkkumytyt korvistaan ja kuulee kaukaisena hyminänä vartijoitten huudot portin toisella puolen. Hän saattaa kuvitella heidän muotonsa ja värinsä, mutta katselee mieluummin valoa sisällään.

Kun hän on levännyt ja kokenut kylliksi iloa ja rauhaa, hän on valmis katsomaan, minne hän on päässyt portista ulos ryömittyään. Vanki avaa silmänsä. Hän näkee edessään oman tilkkunsa ja kuokan, joka lepää maassa odottaen, että hän tarttuu siihen ja aloittaa päivän urakkansa. Hän näkee vankitovereittensa kuokkivan vierellään, ja huutaa näille iloisen tervehdyksen. Hän tarttuu kuokkaansa ja aloittaa työnsä laulu huulillaan, ja aika ajoin hän katsahtaa taivaalle ja näkee linnut, ja nyt niillä kaikilla on hohtava avain jalassaan.

TYÖLÄINEN JA KUNINGAS

Olipa kerran nuorukainen, jonka oli aika lähteä kotoaan ja etsiä jotakin työtä itselleen. Hän osasi kyllä monenmoista, ja päätyi työhön suuren kuninkaan palvelukseen. Siellä hänet laitettiin työhön, jonka hän jotenkuten hallitsi, siinä missä muutkin samanlaista työtä tekevät. Mutta työpäivät olivat pitkiä, ja jos hän yritti tehdä pelkästään sitä mitä toisetkin, hän pitkästyi. Toisinaan hän hermostui liiaksi toisten aiheuttamasta häiriöstä tai virheistä, tai unohtui itse ajatuksiinsa ja teki liikaa virheitä. Hänen oli nukuttava samassa tuvassa kuin muutkin työläiset, ja hän tunsi unissaankin näitten läsnäolon, ja melkeinpä kuuli päässään näitten ajatuksetkin. Hän olisi halunnut olla omissa ajatuksissaan, tai pohdiskella asioita rauhassa, ja muitten työntekijöitten jatkuva seura teki hänestä ärtyisän. Hän näki myös, miten monet muutkin kärsivät samoista asioista kuin hänkin. Ja hän näki, millaista tuhoa ahne kuningas aiheutti valtakunnassaan, kun hovin ylläpitämiseksi tarvittiin aina vain enemmän viljelystilaa; aina vain enemmän lihaa, puutavaraa, malmia, turkiksia ja orjatyövoimaa.

Eräänä päivänä nuorukainen tunsi saaneensa tarpeekseen ja alkoi ilkkua kuningasta kuin parempikin narri. Se huvitti osaa työntekijöistä, mutta kun päällysmies huomasi heidän naurunsa syyn, he saivat muutaman vitsaniskun varoitukseksi. Seuraavasta kerrasta menisi työpaikka ja joutuisi kerjuulle. Nuorukainen otti opikseen, mutta katkeruus kyti hänessä yhä. Hän ehdotti muutamalle työtoverilleen, että he kirjoittaisivat kuninkaalle kirjeen, jossa varoittaisivat tämän toimista, jotka veisivät valtakunnan perikatoon. Koska hän sattui olemaan ainoa, joka oli saanut perheessään kirjoittamisopetusta, hän joutui tuon kirjeen laatimaan.

Kuningas sai kirjeen, eikä lähettäjää tunnistettu. Mutta kuningas ei pitänyt kirjelmää arvossa sen enempää kuin niitäkään kirjeitä, joita oli saanut naapurivaltakunnista. Kirje päätyi uuniin, eikä mi-

kään muuttunut tuon kuninkaan hovissa eikä läänityksillä. Vilje-
lysala laajeni entisestään, kukkaniityt ja metsät katosivat, eläimet
vähenivät; jäljelle jäi vain rottia ja kissoja.

Nuorukainen pettyi yrityksiinsä lopullisesti, pyysi viimeisen
palkkansa, kasasi vähäiset tavaransa, ja jätti työnsä. Hän vaelsi niin
kauas kuninkaan läänityksiltä, ettei kuullut enää valitusta eikä
toisten ajatuksia. Hän näki metsän ja vuoret ja joet ympärillään, ja
eläimiä kokoontui hänen ympärilleen. Hän puhui eläimille, koska
nämä kuuntelivat häntä. Hän puhui puille ja muille kasveille; hän
puhui kiville ja koskille, tuulelle ja kaikelle, mitä näki taivaalla.
Hän puhui, eikä kukaan väittänyt hänelle vastaan.

Lopulta kaiken tuon olemassa olevan Luoja vastasi hänelle ja
antoi hänelle tehtävän. Hänen oli mentävä takaisin ahneen kunin-
kaan valtakuntaan ja puhuttava kuninkaalle. Aikuiseksi varttunut
mies meni suoraan kuninkaan puheille rääsyissään ja likaisena,
nälkäisenä ja janoisena. Kuninkaan silmissä hän oli kerjäläinen,
eikä hän ehtinyt sanoa sanaakaan, kun hänet jo otettiin kiinni ja
heitettiin vankilaan muitten röyhkeitten kerjäläisten joukkoon,
tekemään pakkotyötä kuninkaan väelle. Samalla häneltä otettiin
hänen vaatimaton omaisuutensa, kuten kirjoitustarvikkeet.

Vankityrmässä ja pakkotyötä tehdessään hän alkoi puhua asiaansa
muille vangeille ja vanginvartijoille. Kun kuningas sai kuulla hä-
nen puheistaan, häneltä katkaistiin kieli. Hän yritti hyräillä muis-
tuttaakseen aiemmista puheistaan, mutta hänet lyötiin hiljaiseksi
kerta toisensa jälkeen, ja lopulta hänet uhattiin hirttää, ellei hän
alistuisi ja olisi hiljaa kuin hiiri. Ja samassa kaikki kuninkaanlinnan
hiiret alkoivat vikistä yhtä aikaa, ja siitä lähtevä kitinä oli niin
hirvittävä, ettei kuningaskaan saanut unta. Linnan palvelusväki
yritti turhaan etsiä ja vaimentaa kaikki hiiret, mutta ne jatkoivat
kitinäänsä koloissaan ja raoissaan, niin että linnan asukkaat alkoi-
vat kiristellä hampaitaan ja raivota toisilleenkin.

Ja silloin Kaikkeuden Luoja antoi käskynsä ja nostatti tuulen,
joka puhalsi kuninkaanlinnan ylitse. Tuulen mukana tuli tauti, joka
vei vuoteeseen osan hoviväestä ja tappoi joitakuita. Sitten tuli
rankkasade, joka pilasi suuren osan kuninkaanlinnan läänitysten
sadosta. Tuli parvittain lintuja syömään kuninkaan parhaat marja-
viljelykset, ja ne raakkuivat ja raakkuivat ikään kuin varoituksena
tulevista koettelemuksista. Tuli kaikenlaisia maassa ryömiviä syö-
mään senkin, mitä jäi linnuilta. Tuli isoja petoja kiertelemään ku-

ninkaanlinnan ympärille, niin ettei kuningas uskaltanut päästää väkeään ulos linnasta. Hän lähetti metsästäjiä petoja pyytämään, mutta nämä katosivat niille teilleen. Kauempana kuninkaanlinnasta, köyhemmillä läänityksillä, oli rauhallista. Palkolliset saivat yhä syötävänsä, mutta kuninkaanlinnan varastoihin ei kertynyt mitään. Väki alkoi puhua, että kuningas oli tainnut saada palkan ahneudestaan, kun luonnon väki oli kääntynyt häntä vastaan.

Kuningas suuttui ja varustautui sotaan. Hän kokosi sotaväkensä leiriin linnansa ympärille ja kysyi tietäjiltään neuvoa, minne suuntaan iskeä tuota hänelle tuntematonta vihollista vastaan, joka yllytti hänen kansaansa häntä vastaan. Yksi tietäjistä sanoi länteen, toinen itään. Kolmas sanoi pohjoiseen, neljäs etelään. Kuningas päätti määrätä lisää väkeä sotilaiksi, että joukot riittäisivät kaiken varalta neljälle suunnalle. Mutta silloin tuli maanjäristys, joka sorrutti osan kuninkaanlinnan muuria, ja tuli pyörremyrsky, joka lennätti taivaan tuuliin kuninkaan sotajoukkojen teltat ja varusteet.

Muuri oli sortunut myös vankityrmien kohdalta, ja kuninkaan vangitsema mies oli päässyt vapaaksi kopistaan ja kahleistaan. Hän asteli kohti kuningasta, joka seisoi järkyttyneenä osittain sortuneen linnansa edustalla, katsellen maahan lyötyä armeijaansa. Osa väestä oli paennut kauhuissaan hänen luotaan, ja kuninkaan asunto oli romahtanut. Kuningas tunnisti nyt tuon miehen, jota oli pitänyt tavallisena kerjäläisenä ja toimittanut vankilaan.

”Sinäkö tämän minulle järjestit, vai kuka?” hän kysyi. Mies näytti hänelle katkaistua kieltään ja osoitti sitten sormellaan kuningasta itseään. Kuningas vajosi maahan kauhuissaan. Mies meni hänen luokseen, kumartui, ojensi kätensä ja veti hänet ylös. Hän lähti taluttamaan kuningasta kohti paikkaa, josta oli tullut. Hän meni sinne, missä oli itse puhunut eläimille ja puille ja sille kaikelle, mitä on olemassa. Nyt hän ei voinut enää puhua, mutta hän olikin jo sanonut sanottavansa. Kuningas sen sijaan puhui, ja luomakunta kuunteli häntä ja vastasi hänelle sillä tavoin kuin hän puheittensa perusteella ansaitsi.

KUILU

Olipa kerran kulkija, joka olisi halunnut päästä paikkaan, jonne voisi asettua ja jossa voisi elellä rauhassa ja mukavasti loput elinpäivänsä, tai ainakin viipyä pidemmän aikaa, kenties jonkun elämänkumppaninkin kanssa. Hän oli kulkenut ja kulkenut, kohdannut monia hankalia esteitä, uhkia ja epämukavuutta, ja hänen kohtaamansa ihmisetkin olivat usein pyrkineet hyötymään hänestä, vaikka olivatkin luvanneet auttaa häntä. Hän ei oikein enää luottanut kehenkään. Hän oli myös kohdannut ihmisiä, jotka olivat vihjanneet, ettei hänenlaisensa oikeastaan sen kummempaa ansaitsekaan kuin harhailla siellä täällä kerjäämässä onnen murusia, joita "parempien" ihmisten pöydältä tipahteli.

Kulkijaa alkoi vaivata myös häiritsevä tunne siitä, ettei hänen vaelluksellaan ehkä olekaan mitään määränpäätä; ettei missään oikeastaan olekaan mitään mieltä ja järkeä. Onko järkeä edes yrittää etsiä, jos ei ole mitään löydettävää? Miksi vaivautua, kun ei kuitenkaan löydä mitään? Jokainen turha askel vain väsyttää...

Kulkija tuskastuu, turhautuu ja jää polun viereen kerjäämään ruokaansa, koska ei usko parempaankaan paikkaan pääsevänsä. Mutta mitä kauemmin hän siinä kerjäläisenä istuu, sitä enemmän hänen jalkansa heikkenevät ja jäsenensä kangistuvat, ja hänestä alkaa tuntua, ettei hän minnekään pääsisikään enää. Niinpä hän elää sen armoilla, mitä ohikulkijat hänelle ehkä antavat. Joskus se on pala leipää, joskus kolikko, joskus sylkäisy, joskus potku.

Eräänä päivänä kohdalle pysähtyy ystävällisiä ihmisiä. He kyselevät ja kuuntelevat, ja kerjäläinen kertoo heille, kuka oli joskus, ja millaisista asioista ennen haaveili. Ystävälliset ihmiset vakuuttavat hänelle, että hän pääsee kyllä juuri sellaiseen paikkaan, jonne on aina halunnut. He näet tietävät monia, jotka ovat päässeet sinne, ja pystyvät näyttämään tien. He vakuuttavat, että kunhan hän nyt vain nousee jaloilleen ja kulkee vähän matkaa etelään, hän tulee paikkaan, jonne voi asettua elelemään mukavasti vaikka loppuiäkseen. Siellä on hänelle sopivaa työtä, ja ties vaikka seuraakin. Nuo kulkijat ovat kovin ystävällisiä ja vakuuttavia, ja toistelevat vielä matkaa jatkaessaankin noita kannustavia lausahduksiaan. "Muutama virsta vain! Kyllä sinä pystyt! Jaksat kyllä sen verran!"

Kerjäläinen yrittää nousta, mutta jalat ovat kovin huterat. Hän rahjustaa vapisevin jaloin muutamia askeleita eteenpäin siihen suuntaan, jonne nuo ystävälliset ihmiset hänet neuvoivat. Hänen päässään tuntuu sumealta, ja hän säpsähtää huomatessaan olevansa kuilun partaalla. Eipä hän pääse hyppäämään sellaisen kuilun yli, etenkin kun hänen jalkansa ovat niin heikot! Ehkä se hieno paikka onkin tarkoitettu vain vahvajalkaisille, eikä hänenlaisilleen...

"Tule nyt vain tänne!" hänelle huudetaan kuilun toiselta puolen.

"Mutta edessäni on kuilu! Ettekö te näe sitä?" hän huutaa.

"No kyllä sinä pääset, vaikka jotakin siltaa pitkin!" joku huutaa ystävällisesti. Mutta eipä kulkija näe mitään siltaa; vain pohjattoman, tumman kuilun. "Täällä odotetaan sinua! Sinua tarvitaan täällä!"

Kulkija näkee nyt hämärästi jonkinlaisen köysistä ja oksista kyhätyn riippusillan. Kun ystävälliset ihmiset huutavat hänelle kannustuksiaan, sillan muoto näyttää hieman voimistuvan. Hän astuu askeleen eteenpäin, mutta samassa hänestä tuntuu, ettei siltaa ole tehty niin painaville kuin hän on; tai ei ainakaan niin huonokuntoisille, jaloistaan täriseville ja huojuville pelkureille...

Ihmiset huutavat hänelle noita kannustuksiaan, mutta nyt ääniin on tullut myös kärsimättömyyttä, jopa ankarampi sävy.

"No mitä ihmettä kuhnailet? Täällä on kaikki, mitä voit toivoa! Ala tulla jo! Kyllähän siitä pääsee! Mekin olemme päässeet tänne! Mikä sinua vaivaa? Et kai vain ole pelkuri?"

Hän kuulee nyt ääniä takaansakin, ja huomaa, että hänen perässään on tulossa ihmisiä, jotka suuttuvat, kun hän on edessä, eikä mene eteenpäin. Hän yrittää ottaa taas askeleen, mutta hänestä tuntuu, ettei hän mitenkään pysty siihen, ja kun hän katsoo alas, siellä on syvää, pimeää, pohjatonta. Ja jos sinne tippuu, on aivan samantekevää, mitä ne ystävälliset ihmiset ovat uskotelleet. Millään rohkaisuilla ei ole merkitystä, jos hän sinne putoaa...

"Ala mennä siitä, niin toisetkin pääsevät, tai väisty syrjään! Kohta tulee pimeää!" joku huutaa hänen takaansa. Hän laskee jalkansa poikkipuulle, mutta jalat tärisevät ja silta huojuu.

"Senkin kuhnailija, mene siitä! Mikä sinussa on vikana, mokoma raukka? Senkin pelkuri, ala mennä jo!" joku ärjäisee ja tönii häntä. Hän horjahtaa ja kaatuu alaspäin, mutta saa hädissään tarratuksi kiinni jostakin juurakosta. Hänestä tuntuu, ettei hänen jalkojensa alla ole mitään. Hän roikkuu siinä tietäen, että jossain vaiheessa hänen käsivarsiensa voimat loppuvat, ja silloin hän tipahtaa.

Niin pilkkahuudot kuin kannustavat äänetkin ovat vaimenneet. Kukaan ei ehkä edes näe häntä enää, jos hän roikkuu rotkon reunojen alapuolella. Hän huutaa pari kertaa apua, muttei hänelle vastata. Hän kurottelee varpaillaan, tunnustelee varovasti jaloillaan, herkistelee aistejaan. Jotakin hän tuntee varpaittensa kärjillä; ehkäpä hän onkin jonkinlaisen kielekkeen yläpuolella, eikä putoamassa suoraan kuiluun. Hänen kätensä ovat väsyneet, ja hänen on pakko päästää otteensa irti. Hän vajoaa jotakin vasten. Se on vakaata kalliota, tai kivistä maata. Hän ei näe ympärilleen, koska on jo tullut pimeää. Hän on niin kaukana kaikesta, ettei ehkä edes kuule mitään, ja se onkin yllättävän rauhoittavaa.

"Olenko minä kuilussa? Pääsenköhän ikinä takaisin?"

Hän ei näe mitään, joten hän ei tiedä, voisiko hän nousta takaisin sillalle tai kuilun reunalle etsimään toista tietä kuilun yli. Silta oli joka tapauksessa liian hutera reitti hänen horjuville jaloilleen ja vähäiselle uskallukselleen. Kulkija ei tiedä mitä muutakaan tehdä, joten hän jää siihen lepäämään, ja kova maa hänen selkäänsä vasten tuntuu rauhoittavalta ja vakaalta. Ei hän voi pudota siitä alemmas. Hän nukkuu, ja herättyään hän alkaa tunnustella ympäriinsä, missä on reuna, josta saattaisi pudota alemmas kuiluun. Hän ei tunne mitään reunaa, joten hän etenee varovasti, kontallaan. Nyt hän haluaa lähteä liikkeelle, koska ei halua jäädä siihenkään.

Voimat palautuvat hänen jäseniinsä, kun hän pääsee liikkeelle, tunnustellen jokaista liikettään, joka hetki. Hän ei vieläkään näe kuin hämäryyttä, ja kuulee vain vaimeina, kaukaisina ääninä joittenkin ihmisten huutoja, jostakin. Lopulta alkaa tulla valoisampaa, ja hän kohottaa katseensa ja nousee jalkeille. Hän on jotakuinkin samassa paikassa, johon oli edennyt ennen kuin putosi huteran sillan alkupäästä kuiluun. Nyt ei näy edessä minkäänlaista siltaa, muttei mitään kuiluakaan. Tie on avoin hänen edessään; se on tasaista maata, jolla on hyvä astella. Hän lähtee kulkemaan eteenpäin ja iloitsee jokaisesta askeleestaan.

PRINSESSA JELISEPAN NEUVOT MATKAANLÄHTIJÄLLE

Jos sinun on lähdettävä matkaan, etkä voi lainkaan tietää, mitä uusi suunta tuo tullessaan, mitä tarvitset mukaasi?

Ensinnäkin sinun on pakattava matkasäkkiisi kaikki ne varusteet, joita yleensäkin tarvitset päivittäin, ja lisäksi sellaisia tarve-esineitä, jotka sopivat monenlaiseen käyttöön. Ethän välttämättä tiedä, minne olet menossa, ja vaikka tietäisitkin, matkan varrella saattaa tulla vastaan yhtä jos toista koettelevaa ja vaarallista. Pakkaa kuitenkin harkiten, jos aiot kantaa matkasäkkiäsi itse. Tärkeää on ottaa mukaan vain se, minkä on oikeasti ennenkin huomannut tarpeelliseksi. Jos haluat säilyttää muistoja, voit tiivistää ne pienemmiksi esineiksi, joita on helppo kantaa, kuten sormuksiksi.

Älä siis ota mukaan mitään tarpeetonta ja turhaa, kuten kauneudenhoitotarvikkeita, koska ulkoinen kauneutesi rapistuu matkan varrella kuitenkin. Älä myöskään raahaa mukana kaikkia kirjakääröjäsi, koska sillä tiedolla, mitä et vielä muista, tai mitä et osaa vielä laittaa käytäntöön, ei ole merkitystä, etkä kuitenkaan pysty lukemaan kulkiessasi. Oleellinen tiedollinen oppi kannattaa matkaan lähtiessä tiivistää siten, että voit muistaa sen vaikkapa oman kätesi avulla. Tärkeät asiat palautuvat mieleen, kun vilkaiset omaa kättäsi. Huomioi siis, ettei sinun tarvitse kantaa koko aiemman elämäsi tarinaa mukanasi! Se on piirtynyt ihoosi ja ruumiiseesi, ja muistat kyllä sen, mitä on tärkeää muistaa.

Kun matkasäkkisi ei ole turhan iso, mahdut kulkemaan sen kanssa ahtaammistakin paikoista. Voihan olla, että joudut välillä ryömimään esteitten alta tai ujuttamaan itsesi läpi kapeista onkaloista. Joudut myös usein nousemaan rinteitä ja laskeutumaan jyrkistä paikoista alaspäin, ja etenkin silloin painava matkasäkki vaarantaa kulkusi; se saattaa jopa heittää sinut alas kielekkeeltä.

Liian usein vaeltaja kuluttaa voimansa raahaamalla mukanaan kaikkea aiemmin keräämäänsä, ja herkästi hän poimii vielä lisää turhia muistoja matkan varrelta. Kuka tietää, tarvitaanko perillä aivan kaikkea sitä, mikä oli sinulle aiemmin tärkeää? Ja jos toiveesi muuttuvat matkan myötä ja asetutkin elämään jossain muualla, tarvitsetko sitä samaa kuin ennenkin? Pidä siis säkkisi niin pienenä, ettet juutu sen kanssa matkan varrelle, tai väsähdä kesken matkan. Pidä myös säkissä hieman ylimääräistä tilaa. Saattaahan käydä niin, että löydät matkaltasi jotakin oikeasti arvokasta, jonka haluat ottaa mukaasi. Katso silti, että jaksat itse kantaa sen, minkä kannettavaksesi valitset. Muutenhan olet riippuvainen toisten hyväntahtoisuudesta, ja se antaisi joillekuille kelvottomille tilaisuuden hyötyä avuttomuudestasi.

Olisi kuitenkin varsin itsetuhoista lähteä matkaan tuntemattomille maille aivan itsekseen. Ole kuitenkin tarkkana, kun valitset seuralaisia tai palvelijoita! Ehkäpä haluat ottaa jonkun mukaasi vain siksi, että hän miellyttää silmiäsi, mutta jos hänen katseensa on luihu eikä lempeä, älä ota häntä. Ota mieluummin lempeä ja ruma apulainen kuin kaunis mutta luonnoltaan juonikas. Mutta jos Luoja on sinut matkaan lähettänyt, löydät kyllä jonkun, joka on sekä kaunis silmissäsi että lempeä, ja kohtelee sinua kuin sisarustaan. Luojalla on kyllä varattuna kaikille matkaan lähtijöille joku sellainenkin, vaikka nämä parhaimmat matkakumppanit ovatkin usein vaatimattomassa puvussa, eivätkä tyrkytä omaa seuraansa.

Ellet ole käytännön taidoiltasi kovin osaava, tarvitset ehkä mukaasi myös jonkun, joka osaa neuvoa sinua siinä, mitä käytännössä on hyvä tehdä, ja huolehtii sinun ruumiillisista tarpeistasi, ja myös suojelee sinua tarvittaessa. Monitaitoinen soturi pystyy tekemään tämän kaiken, jolloin et tarvitse erillistä palvelijaa, muttei tämä soturi saisi olla liian itsevarma, eikä pitää itseään liian välttämättömänä. Nöyrä luonne on tärkeämpi kuin ruumiinvoima. Rehentelijät päätyvät tappeluihin, ja mitä teet pieksetyllä tai haavoittuneella soturilla?

Jos olet itse saanut taisteluharjoitusta, mielit ehkä ottaa turvaksesi aseita, kuten tikarin. Mutta muista, että joku voi yhtä lailla riistää tikarin sinulta ja käyttää sitä sinuun itseesi. Voit kyllä pelotella toisia miekalla tai keihäällä, mutta muista, pelko voi hetken päästä ollakin sinulla itselläsi, jos ase vaihtaa omistajaa. Aseilla voi kyllä satuttaa toista, mutta jokaisen miekan terä kääntyy lopulta käyttäjäänsä vastaan. Ja mitä syvemmälle toiseen miekkasi terän työnnät, sitä syvemmälle se kiertyy itsesi sisään. Älä siis turvaa aseisiin! Voit ottaa jousen, kirveen ja veitsen, jos tarvitset niitä ruuanhankintaan ja polttopuitten tekemiseen, mutta älä tartu niihin toista uhaten. Myöskään soturi, joka noita välineitä käyttää, ei saa käyttää niitä toisia vastaan.

Paras vaihtoehto matkaseuraksi on siis lempeäluontoinen, käytännön taidoiltaan kelvollinen soturi, joka kohtelee sinua siveästi. Mutta ellei tämä soturi ole perehtynyt karttoihin tai omaa kokemusta vaeltamisesta, tarvitset mukaasi myös jonkun, joka tuntee maaston, jonne olet lähdössä. Suunnistamista helpottaisi, jos maastosta olisi laadittu karttakin, mutta kokenut kulkija ymmärtää, ettei kartta ole maasto. Toisten laatimat kartat ovat aina epäluotettavia, vaikka antavatkin jotakin vihjettä siitä, minne kannattaa suunnata. Hyvä opas osaa tutkia maastoa itse, valita voimia säästävät reitit ja ennakoida vaaranpaikkoja. Hän osaa myös neuvoa, milloin syödä ja levätä, ja kykenee hoitamaan myös kulkiessasi saamiasi vammoja. Onhan tärkeää, etteivät voimasi lopu kesken matkan, etkä vammaudu niin pahoin, että perille päästyäsi olet vuoteenomana lopun elämääsi.

Jos palvelusoturi ja matkaoppaasi sattuvat olemaan luonteeltaan kuivakampaa ja totista seuraa, tarvitset ehkä seurueeseesi myös jonkun viihdyttäjän. Jos mahdollista, ota joku, joka osaa sekä soittaa että laulaa, ja myös puhua huvittavia. Matkanteko saattaa olla aika ajoin tylsistyttävää, joten kaunis kuunneltava auttaa jaksamaan niissä ankeissa matkanvaiheissa. On myös hyödyksi luonteesi kehitykselle, jos mukanasi on joku, joka hankaluuksien keskellä palauttaa huomiosi siihen, mikä on huvittavaa, ja ennen kaikkea auttaa sinua nauramaan itsellesi. Ethän kuitenkaan voi olla kompuroimatta. Kukaan ei voi olla kompuroimatta jossakin vaiheessa matkaa, etenkin väsyneenä, jos ei ole älynnyt levätä tarpeeksi. Etkä voi tietää etukäteen kaikkia kivikoita, mättäitä ja juurakkoja, joita tulet kohtaamaan reitilläsi. Saatat kompuroida niin liian kirkkaassa auringonpaisteessa, valossäteitten sokaisemana, kuin hämärässäkin, ja etenkin pimeässä.

Pimeässä on edettävä erityisen valppaana, alati reittiään tunnustellen. Se on ainoa tapa löytää suunta ja pysyä siinä, kun valoa ei ole näkyvissä. Ja pimeässä matkatessasi on äärimmäisen tärkeää, että seuralaisesi ovat kaikin tavoin luotettavia. Pimeyden turvin kelvottomat seuralaiset saattavat pyrkiä hyötymään sinusta tai mukanasi raahaamistasi tavaroista.

Koska kaikki nämä ominaisuudet, joita matkakumppanilta vaaditaan, eivät useinkaan täyty vain yhdessä ihmisessä, tarvitset siis todennäköisesti useamman seuralaisen matkallesi. Tarvitset lempeän ja palvelualttiin soturin huolehtimaan ruumiillisesta mukavuudestasi. Tarvitset kokeneen vaeltajan neuvonantajaksesi, että osaat suunnistaa tutkimattomassakin maastossa ja tulkita laadittuja karttoja. Tarvitset musikanttitaitoisen narrin viihdyttämään sinua ja muistuttamaan sinua omasta typeryydestäsi, jotta viisastut, etkä kompuroi omaan ylimielisyyteesi. Mutta ennen kaikkea tarvitset mukaan itsesi. Olisihan varsin typerää kiirehtiä matkaan ja unohtaa itsensä!

POIKA, JOKA PELASTUU

Olipa kerran kuningas, joka loi itselleen iloksi kansan ja lahjoitti tälle kansalleen ihanan valtakunnan, josta ei puuttunut mitään, mitä ihminen elääkseen tarvitsi. Mutta kansa etääntyi kuninkaastaan, alkoi ahnehtia liikaa mukavuuksia ruumiilleen, rellestää ja tehdä pahaa, ja niinpä se tuhosi vähitellen valtakuntansa metsät ja laidunmaat, melkein koko ihmeellisen maansa!

Kuningas varoitti kansaansa lähettämällä sanansaattajia kansan pariin, mutta näitä pilkattiin, hakattiin, jopa tapettiin. Väki piti sanansaattajia rikkakasveina nautintojensa pellossa, ja tuhosi heidät kuin ohdakkeet. Lopulta kuningas kutsui koko kansan katsomaan ainutkertaista näytöstä. Hän järjesti häpeärangaistuksen ja teloituksen omalle, rakkaalle pojalleen, sen edestä, ettei hänen tarvitsisi tuhota koko kansaa, jota hän sääli. Tuo poika suostui ottamaan rangaistuksen vastaan, ja hänet kruunattiin ohdakkeilla. Se oli väelle merkkinä siitä, että hän oli nautinnonhaluisten ja turmeltuneitten pellossa pahin kaikista ohdakkeista, suorastaan kaikkien ohdakkeitten kuningas.

Kun tuo poika kärsi ja kuoli, osa kansasta riemuitsi vahingoniloisena, osa viis veisasi! Osa kansasta järkyttyi ehkä hetkeksi, mutta jatkoi sitten elämäänsä, kuten ennenkin. Mutta osa kansasta katui syvästi, ja koska he rakastivat kuningasta, he sydämensä pohjasta toivoivat, että voisivat herättää tämän pojan henkiin! Vain ne, jotka rakastivat isää ja poikaa, tahtoivat pojan elävän, ja he kykenivät myös uskomaan siihen, että isä voisi herättää poikansa kuolleista.

Ehkä sinäkin tahtoisit, että tuo poika elää yhä, mutta kysyt, miten hän voisi elää, jos hän on jo kuollut? Tuo suuri kuningas, Kaikkeuden Luoja, antoi pojalleen uuden elämän, ihmeen kautta, koska Hän itse oli pojassaan. Hänellä ei ole enää ihmisen kaltaista ruumista, mutta hänen Henkensä voi käyttää sinun ruumistasi, jos niin tahdot. Jos siis niin tahdot, hän voi elää sinussa. Vai kuoliko tuo poika turhaan? Kaikkeuden Luojan Henki pysyy meissä, jos me tahdomme, että Hänen poikansa elää. Uskomme, jos tahdomme uskoa. Ja tahdomme niin, jos rakastamme Häntä.

Se, joka sydämensä pohjasta tahtoo, että tuo poika elää, herää itsekin eloon, yhä uudelleen. Hän kuolee joka päivä itselleen ja herää uudelleen eloon. Kaikkeuden Luoja käyttää hänen ruumistaan ja käsiään. Hän on kuin rikkakasvi pahuuden pellossa ja saa kasvuvoimansa Kaikkeuden voimasta. Häntä on siunattu suurella uskolla ja rakkaudella, ja kun tuo usko ja rakkaus pysyvät hänessä, hänellä on myös toivo.

Tämän tarinan Vaeltajasoturi Jaechim kertoi prinsessa Jelisepalle, ja Jelisepa uskoi sen.

VAELTAJA, KORPPI JA KIVI

Vaeltaja oli palaamassa vaellukseltaan kotikyläänsä, jossa hänen oli aika ottaa vastaan kyläpäällikön neuvonantajan paikka. Hän oli kerännyt matkallaan hieman maallisiakin rikkauksia, mutta ennen kaikkea hän oli etsinyt ja ottanut talteen kaiken sen tiedon, joka tekisi hänestä kunnioitettavan neuvonantajan. Hän oli pukeutunut hyvätekoiseen turkisviittaan ja kantoi selässään reppua, johon oli lastannut koko maallisen omaisuutensa. Hänellä oli matkasauva petojen hätistelemiseksi, ja hänen vyötäisiltään riippuivat kaikki ne välineet, joita hän tarvitsi vaelluksensa aikana; kuten myös rohdot, joita hän oli kerännyt kyetäkseen auttamaan muita ihmisiä myös ruumiinvaivoissa.

Kesken matkanteon miehen olkapäälle lennähti korppi. Se räpisteli isoja siipiään, ja mies kuuli sen ikään kuin sanovan hänelle:

"Älä katso polkusi viereen, kulje suoraan! Älä aikaile, muuten et koskaan palaa kotiin..."

Mies hätisti korpin lentoon, koska se oli käynyt sitä röyhkeämmäksi, mitä lähempänä hän alkoi olla kotikyläänsä. Korppi oli ilmestynyt hänen seuraansa paikalla, jossa hän oli oppinut viimeisimmät viisautensa ja päättänyt olevansa valmis lähtemään paluumatkalle. Mies ei ymmärtänyt, miksi kuuli korpin äänen puheena, vaikka lintu aukoi nokkaansa kuin raakkuakseen. Korppi oli pysytellyt alkuun kauempana, mutta ottanut sitten tavakseen tulla lähemmäs ja jopa miehen päälaelle raakkumaan. Kerran se oli varoittanut emokarhusta, jolla oli kolme penikkaa mukanaan, ja sen jälkeen vaeltaja oli alkanut toden teolla kuunnella lintua. Ehkä korppi oli annettu hänen oppaakseen, mies pohti, mutta oli silti hieman ärtynyt moisesta raakkujasta. Hän arveli, että pienempikin lintu olisi riittänyt; vaikkapa sellainen kaunis ja sirkuttavaääninen, joka ei sentään raapisi hänen kaljua päälakeaan isoilla kynsillään.

Vaeltaja lähestyi kallioista mäenrinnettä. Hän tiesi lähestyvänsä kotikyläänsä, ja muisti turvallisen reitin mäenrinteen ja louhikon ohi. Hän eli jo mielessään hetkeä, jolloin palaisi kyläänsä; iloisia ihmisiä, jotka polvistuisivat hänen eteensä ja toisivat hänelle arvoesineitä ja ruokaa. Kuvitellessaan tätä kaikkea mies tuli kärsimättömäksi ja kiirehti askeliaan. Hän pysähtyi tarkastelemaan mäenrinnettä ja päätti oikaista rinteen poikki, vaikka kallioseinämä näyttikin jyrkältä. Korppi lennähti kivelle miehen eteen.

”Älä katso polkusi viereen, kulje suoraan!” se raakkui. Mies epäröi hetken, mutta halusi kuvitella korpin sanojen kannustavan häntä kiirehtimään. Hän alkoi kiivetä jyrkännettä ylös. Vasta kiivetessään hän tajusi, ettei hänen reittinsä ollutkaan yhtään nopeampi, ja korppi oli yrittänyt varoittaa häntä. Kallio oli vieläpä liukas sateen jäljiltä, ja niinpä miehen askeleet lipesivät puolivälissä rinnettä. Hän luisui ja kieri, kadotti pudotessaan sauvansa ja reppunsakin, ja tömähti lopulta kolmen suuren kiven juurelle, kauaksi alkuperäiseltä reitiltään. Siellä mustelmille kolhiintunut vaeltaja kohottautui ja näki, että korppi istui kivellä hänen takanaan, moittivasti tuijottaen. Mies jupisi korpille ärtyneenä, ettei tämä ollut varoittanut häntä tarpeeksi hyvin. Olisihan korppi voinut lentää hänen päälakeaan nokkimaan, niin hän olisi ehkä älynnyt luopua aikeestaan. Korppi näytti nakkelevan niskojaan ja lensi loitommalle.

Vaeltaja katseli ympärilleen ja huomasi valkoisen lohkareen toisten kivien keskellä ja lohkareen kärjessä violettina hohtavan ametistin. Se oli hänen silmissään kaunis, suorastaan lumoava. Hän meni sen viereen ja tuijotteli sitä, kosketteli sitä, ja tunsi olevansa maailman onnekkain mies, kun oli löytänyt sen. Häntä alkoi väsyttää, ja niinpä hän teki leirin kiven viereen ja nukkui pää kiveä vasten. Aamulla korppi raakkui hänelle muutamia kertoja, mutta hän hätisti sen tiehensä. Hän ihasteli ametistia ja puheli sille asioitaan. Hän unohti nälkänsäkin ihastellessaan tuota ihmeellistä kiveä, eikä syönyt pariin päivään mitään. Korppi kuitenkin palasi aika ajoin muistuttamaan häntä siitä, minne hän oli ollut menossa.

”Mikä on vaeltaja, joka kiinnittää itsensä kahleella?” se tuntui raakkuvan. Mies viskoi korppia kivillä ja oksilla, ettei tämä häiritsisi häntä. Lopulta korppi suuttui ja alkoi hyökkäillä miestä kohti ja pudotella pikkukiviä tämän päälle. Silmään osunut kivi sai Vaeltajan viimein havahtumaan. Hän päätti irrottaa ametistin kivestä ja ottaa sen mukaansa; etenkin kun hän oli menettänyt kaikki repussaan kantamansa rikkaudet. Hän otti vyöltään pikkukirveen ja yritti hakata kiveä rikki.

Kivi ei irronnut, mutta kirves hajosi, ja niin mies luopui yrityksestään, kävi makuulle ja kirosi korppinsa. Mutta korppi lensi kylään ja raakkui niin kauan, kunnes sai pienen, uteliaan lapsen huomion kiinnitetyksi. Lapsi lähti seuraamaan korppia. Rotkon yläpuolella lapsi näki alhaalla kiven ja miehen, joka nuokkui selkä vasten kiveä. Hän tunnisti miehen olevan sukulaisensa, jonka olisi pitänyt jo tulla kotiin vaellukseltaan. Lapsi lähti varovasti laskeutumaan alas rotkoon, mutta puolivälissä hänen jalkansa lipesi, ja hän putosi ja kieri hyvän matkaa, päätyen alas, kiven viereen.

Mies havahtui ja näki tajuttoman lapsen, jonka otsassa oli ruhje, ja jonka käsi oli vääntynyt. Hän alkoi hoitaa lasta; puhdisti ja sitoi ruhjeen ja lastoitti käsivarren. Kun lapsi alkoi havahtua, hän tarjosi tälle vyölaukustaan juotavaa ja syötävää. Hän teki lasta varten turkisviitastaan ja oksista vetopulkan, kiinnitti lapsen siihen, ja valmistautui lähtöön. Hän vilkaisi vielä kerran kiveä, käänsi sille selkänsä ja lähti nousemaan rotkosta loivinta tietä ylös, vetäen lasta perässään, louhikoita varoen. Kun hän pääsi kylään, hänet otettiin vastaan sankarina, joka oli pelastanut rotkoon pudonneen lapsen hengen, ja olisi sitäkin arvostetumpi neuvonantaja. Hän sai kylän puusepältä taitavasti veistetyn sauvankin asemansa merkiksi.

Mies varmisti, että lapsi toipuisi ennalleen, ja sanoi, ettei ansaitse neuvonantajan paikkaa kylässä, koska oli harhautunut polultaan. Hän sanoi lähtevänsä vielä vaeltamaan, että viisastuisi. Kyläläiset olivat harmissaan, mutta mies lähti jo kulkemaan kylästä poispäin. Äkkiä hän kuuli yläpuoleltaan korpin rääkäisyn, ja hänen eteensä putosi suurin hänen näkemänsä ametisti. Mies kumartui ja poimi kiven käteensä. Ei hän enää lumoutunut siitä, eikä pitänyt sitä sen kauniimpana kuin muitakaan kivenmurikoita, mutta se oli silti ainut laatuaan. Hän otti vyölaukustaan nahkanyörin ja kiinnitti ametistin uuden sauvansa päähän, kääntyi ja palasi kylään palvelemaan kylän väkeä opeillaan ja neuvoillaan. Ja joka kerta kun korppi rääkäisi tai pudotti jotakin hänen päälleen, hän muisti huomioida sen varoitukset ja kiitti sitä.

OTUS VIRRASSA

Olipa kerran muuan olento, joka laskettiin elämän virtaan selviytymään, kuten kaikki muutkin lasketaan; kuka myöhemmin, kuka aikaisemmin. Tämä pikkuotus ei kuitenkaan ollut vielä oppinut kunnolla uimaan, koska se pelkäsi epämukavia tunteita, joita vesi aiheutti sen kuonossa ja isoissa korvissa, ja se pelkäsi tukehtuvansa, jos joutuisi veden alle. Niinpä sen oli pidettävä kiinni kaikesta mahdollisesta kelluvasta, johon sen onnistui tarttua, kun se joutui virran varaan.

Oli väistämätöntä, että tuo hukkumista pelkäävä pieni otuksemme tarrasi usein kiinni myös toisiin olentoihin, jos ne näyttivät sen silmissä jotenkuten kelluvilta. Mutta osa noista olennoista oli äkäisiä ja purevia, ja osa tykkäsi sukellella, mistä tämä pieni olento ei pitänyt lainkaan. Eihän se osannut pidätellä henkeään, eikä varsinkaan pitää suutaan kiinni veden alla. Eikä se saanut kuonoaankaan suljetuksi, koska se olisi halunnut aina haistella ympäriinsä. Ja vesi tunkeutui inhottavasti sen suuriin korviin, joilla se olisi halunnut kuunnella tuulen suhinaa ja muita kauniita ääniä. Otuksemme tunsi usein kuuluvansa enemmän maalle kuin veteen, mutta maata oli vain elämänvirran ympärillä, ja rannat näyttivät liian vaikeilta rantautua.

Koska tuo otuksemme ei tosiaankaan kokenut olevansa mikään vesielukka, se olisi halunnut mieluummin matkata lautalla kuin veden varassa. Kun se sattui löytämään lautan, se kapusi sille ja jatkoi matkaansa; nököttäen aivan keskellä lauttaa, ettei vahingossakaan tipahtaisi kuohuvaan koskeen. Mutta sillä oli nälkä, ja se oli kylmissään, ja siitä tuntui hieman yksinäiseltä. Ja sen täytyi kurotella lautan laitojen yli saadakseen itselleen ruokaa, ja silloin tällöin joku muukin olento tarrasi kiinni sen tassuun ja tuli jopa lautalle matkaamaan.

Toisinaan otus nautti siitä, että lautalla oli joku muukin. Silloin se saattoi katsella virtaa ja alati vaihtuvia maisemia, ja jakaa tuon tunnelman jonkun toisen kanssa. Mutta jos tuo toinen olento alkoi ohjailla lauttaa, se säikähti. Muut olennot tuntuivat ohjailevan lauttaa aivan miten sattui, jopa unissaan. Toisinaan lautta juuttui virran kivikkoihin tai mataliin kohtiin, tai jäi pyörimään suvantokohtaan niin pitkäksi aikaa, että pikkuotus suorastaan kyllästyi.

Ja ennen pitkää otuksen lautalle oli noussut liikaa muita olentoja, ja niillä kaikilla oli omat tarpeensa ja toiveensa siitä, miten nopeasti tai hitaasti pitäisi edetä, ja pitäisikö mennä koskipaikoista suoraa kyytiä, vai hitaasti rantoja myöten. Ne muut ruikuttivat ja rääkyivät, tai makasivat toimettomina myttyinä pitkin poikin lauttaa, niin ettei otus enää mahtunut edes itse käydä pitkäkseen. Ei se myöskään saanut enää kylliksi ruokaa itselleen, koska nuo toiset useimmiten nappasivat sen saaliin, viitsimättä itse saalistaa ruokaansa.

Pikkuotus katseli ympärilleen ja tajusi, että sen lautta oli ollut liian suuri. Ehkäpä sille olisi riittänyt pienempikin kelluke! Se näki virrassa kelluvan puupökkelön ja hyppäsi sen varaan. Jonkin aikaa matka sujuikin melko mukavasti; otus sai harotuksi riittävästi ruokaa itselleen, kun piteli toisella tassulla kiinni pökkelöstä. Se nukkui pökkelö kainalossaan, ja virta kuljetti sitä, eikä se aina edes yrittänyt ohjailla kulkuaan. Eihän se voinut pysäyttää elämän virtaa. Jos se halusi pysähtyä, sen oli mentävä rantaan, ja se tiesi kyllä, mitä rantaan meneminen tarkoittaisi. Elämähän loppuisi kokonaan; tai ainakin se elämä, jota elämänvirta edusti.

Sitten puupökkelö lahosi ja hajosi virtaan. Otus jäi veden varaan ja upposi, kunnes sai tarratuksi isoon otukseen, joka kellui melkein itsekseen; olihan se niin rasvainen köllykkä. Otus huomasi, että moni muukin roikkui tuossa isossa köllykässä, ja monet olivat ehkä muuttuneet itsekin hieman tuon köllykän näköiseksi. Köllykkä sitä paitsi kulki niin hitaasti ja vähäliikkeisesti, että siinä roikkuminen oli melkeinpä tylsistyttävää, niin että monet olivat vaipuneet syvään uneen. Ne saattoivat huomaamattaan joutua köllykän kyljen ja rantakivikon väliin, ja tulla suorastaan höylätyksi irti köllykän kyljestä. Tuo köllykkä kyytiläisineen näytti tukkivan muitten virrassa kulkijoitten tien. Yhä useampi tarrasi siihen kiinni ja jäi nuokkumaan sen rasvaista kylkeä vasten, ja köllykkä kyytiläisineen kasvoikin pian niin suureksi, että se ulottui melkein virran laidasta toiseen, ja uhkasi sellaisena padota koko joen virtauksen.

Otus päätti päästää irti moisesta unettavasta köllykästä. Se huomasi vilkasliikkeisen uiskentelijan ja tarrasi kiinni tuohon olentoon, joka sukelteli nopeasti kivikkojen välissä, tai suorastaan lensi pinnan yläpuolella virran laidasta toiseen. Mutta pikkuotuksen piti jatkuvasti pelätä kyydistä tippumista tai sitä, että tuo nopealiikkeinen olento törmäisi rantaan uhkarohkean sinkoilunsa päätteeksi, ja jäisi elottomana makaamaan rantapenkereelle. Pikkuotuksemme väsyi tuon toisen jatkuvaan sinkoiluun, ja sen oli päästettävä irti moisesta otuksesta, kun sen tassut eivät jaksaneet enää puristaa. Ja niin se päästi irti ja alkoi itse vajota virtaan. Se yritti jonkin aikaa olla nuuskimatta kuonollaan, ettei vetäisi vettä henkeensä, ja yritti suipistaa korvansa ja malttaa pitää suunsakin kiinni.

Se vajosi jonkin aikaa yhä syvemmäs pinnan alle ja pyöri virtauksissa, hilliten itseään tarraamasta kiinni virrassa pyöriviin muihin otuksiin, puolittain kelluviin puihin, tai muihin kelluviin aineksiin. Se tunsi suunnatonta tarvetta huutaa apua, vaikka tiesi vetävänsä samalla vettä henkeensä. Se näet ajatteli, että tarvitsee jonkun toisen olennon apua, eikä selviä yksin, koska se ei tiennyt, osaisiko se uida vai ei. Mutta eihän se saanut huudetuksi ketään apuun, kun sen suu oli veden alla, ja kukapa siitä olisi edes välittänyt? Pinnalla olevat eivät nähneet eivätkä kuulleet sitä. Ne vain matkasivat eteenpäin, kukin tavallaan.

Pinnan alla virta oli täynnä otuksia vailla suuntaa tai kiinnekohtaa. Ei niistä ollut auttajiksi pikkuolennolle, joka pelkäsi hukkuvansa. Jos ne kaikki tarraisivat kiinni toisiinsa, ne muodostaisivat padon koko virtaan. Ja kun virtaus pysähtyisi, monet ajautuisivat rantaan. Virran oli siis saatava virrata, koska joenuoma on kuollut ilman virtausta; joki ei ole joki ilman virtaa. Olentojen oli saatava virrata virran mukana, koska virtaus on niitten elämä, ja kesken virtauksen pysähtynyt olento on kuin elävältä kuollut.

Otus tajusi äkkiä, että se oli itse asiassa osa tuota virtaa, aivan kuten kaikki muukin, mitä virrassa oli. Samassa virta nostikin olennon pintaan, ja se veti ilmaa keuhkoihinsa. Sitten se taas painui pinnan alle joksikin aikaa, mutta nousi taas ylös. Virta kuljetti sitä pidemmän aikaa pinnan tuntumassa, ja se huomasi, että ilman saamiseen riitti, kun sai pidetyksi pinnan yläpuolella nenänpäänsä tai suunsa. Niinpä se hengitti aina kun siihen oli tilaisuus; syvään ja rauhallisesti, niin että se saattoi kestää taas hetken upoksissakin, jos virta niin päättäisi sille tehdä.

Otuksemme sai myös napatuksi suuhunsa syötävää virrasta sitä mukaa kuin se tunsi nälkää. Olihan elämän virrassa kaikenlaista ravitsevaa, joka hetki tarjolla. Riitti kun vain raotti suutaan ja otti vastaan. Virta ei tuntunut enää liian kylmältäkään, ja sen liikettä ja painetta oli mukava tuntea, kun antoi jäsentensä kokea tuon paineen ja liikkeen, vastustamatta sitä. Otuksen ei tarvinnut enää räpiköidä; se saattoi vain olla ja hengittää.

Ja niin pikkuotus jatkoi matkaansa virran mukana, vastustamatta sen kulkua, tarraamatta enää kiinni mihinkään. Se luotti siihen, ettei hukkuisi eikä kuolisi nälkään tai paleltuisi kuoliaaksi, vaikka matkaisikin veden varassa. Olihan se yhä elossa, ja virran tunteminen auttoi sitä muistamaan olemassaolonsa ja pysymään riittävän valppaana. Niinpä se huomasi kyllä, jos oli vaarassa ajautua kiviseen rantatörmään tai juuttua pyörteeseen. Silloin se räpisteli hassuilla tassuillaan ja korjasi kulkureittiään. Muun aikaa se oli levollinen, ja nautti matkastaan ennen kokemattomalla tavalla.

Kun otus tiesi alkavansa lähestyä Suuria Tyveniä Vesiä, muut olennot huutelivat sille täyteen tupatuilta lautoiltaan tai ison rasvaköllykän kyljessä roikkuen: "Tarvitsetko apua? Tule tänne kyytiin, ettet huku!"

"Kiitos hyväntahtoisuudestanne, mutten tarvitse kyytiä! Minä osaan uida!" se huusi, ja virta kutitteli mukavasti sen räpylämäisiksi muuttuneita varpaita.

METSÄSTÄJÄ JA OUTO OTUS

Olipa kerran metsästäjä, joka löysi jahtireissullaan oudon, haavoittuneen otuksen. Se oli vain hieman häntä itseään suurempi, ja ulkomuodoltaan se viehätti häntä. Se muistutti hieman hänen lapsuutensa kodin eläimiä, muttei se ollut sen enempää koira kuin kissakaan. Toisaalta se näytti petoeläimeltä, muttei ollut sen enempää karhu kuin näätäkään. Toisaalta se vaikutti hevosmaiselta, muttei ollut peura eikä hirvikään.

Otus näytti olevan puoliunissaan ja haavoittunut, muttei se vaikuttanut vaaralliselta. Kun metsästäjä lähestyi sitä, se parahti aivan kuin olisi pyytänyt apua. Metsästäjä uskaltautui menemään aivan lähelle ja kosketti otusta varovasti. Otus liikahti ja katsoi häntä tutkivasti, muttei vastustellut, kun hän tutkaili sen kuntoa hellävaraisesti; ystävällinen ihminen kun oli.

Otusta tutkiessaan metsästäjä näki, että sillä oli hieman petomaiset hampaat, mutta toisaalta myös selkeät etuhampaat, kuten jäniksillä. Otus ei purrut häntä, vaikka hän tutki sen suuta. Hän huomasi otuksessa joitakin haavoja, aivan kuin purujälkiä, ja joitakin karvattomia ruhjeita. Sen toinen takajalka oli myöskin vammautunut, ehkä murtunut. Tuo metsästäjä, joka kunnioitti saaliseläimiäänkin ja oli tottunut kaikenlaisia eläimiä myös hoitamaan, hoivasi otuksen haavoja ja sitoi sen jalan. Hän haki otukselle vettä ja tarjosi sille erilaisia syötäviä. Kaikki hänen eväänsä tuntuivat maistuvan tuolle otukselle. Otus näytti myös luottavan häneen, koska antoi hänen hoitaa itseään.

Kun otuksen jalka parani, se nousi jaloilleen ja seurasi metsästäjää tämän kotiin ja jopa tuvan sisälle. Metsästäjä jatkoi sen haavojen hoitamista, ja kun otus alkoi liikkua enemmän, hän teki otukselle pienen aitauksen, jossa se saattoi jaloitella toipilaana, ja joka suojasi sitä muilta pedoilta. Alkuun otus vaikutti vielä väsyneeltä ja jotenkin surumieliseltä, eikä se halunnut paljoakaan olla jaloillaan. Se söi ja jaloitteli, mutta suurimman osan ajastaan se kyyrötti kummallisella tavalla takajalkojensa varassa, heilutteli päätään ja tassutteli etujaloillaan. Eikä kokenut metsästäjäkään ymmärtänyt, mitä se oli tekevinään, ja miksi se teki sellaista niin paljon.

Kului aikaa, ja otus vaikutti toipuneen vammoistaan, ja oli jalkeilla aiempaa enemmän. Mutta silti se jatkoi myös kummaa toimintaansa; kyyrötti, heilutteli päätään ja tassutteli etujaloillaan. Metsästäjän luona käyvät ihmiset pysähtyivät ihmettelemään otusta. He kyselivät, mitä hän aikoi otukselle tehdä, ja eikö se ollut vaarallinen, ja miksi se tekee jotakin niin naurettavaa, ettei mikään elävä sellaista tee. Joku väitti otuksen olevan järjetön ja vaaraksi; joku taas sanoi, että hänen pitäisi esitellä otusta markkinoilla maksua vastaan. Kyllähän ihmiset haluaisivat töllistellä moista kummajaista. Metsästäjä itse arveli, että saattaisihan otuksesta olla hänelle hyötyäkin, ainakin jonkinlaisena pihavahtina, ja olihan siitä seuraakin, kun ei hänellä ollut minkäänlaista elämänkumppaniakaan.

Metsästäjä alkoi kiintyä otukseen. Hän halusi ymmärtää tuota kummajaista, yritti puhua sille, ja opettaa sitä tottelemaan käskyjä. Mutta otus ei tuntunut ymmärtävän häntä. Se vain toisti omaa kummaa toimintaansa; kyyrötti takajaloillaan, heilutteli päätään ja tassutteli etujaloillaan, ja kävi levottomaksi, kun ihmisparka ei tiennyt, miten moiseen toimintaan olisi pitänyt vastata.

Joinakin päivinä otus yritti päästä aitauksen yli, mutta luopui yrityksestään, kun sen hoivaaja toi sille ruokaa. Toisena päivänä otus pääsi karkuun, mutta kompuroi heti mökin takana, kivikossa, ja tuli saman tien takaisin ihmisen hoidettavaksi. Metsästäjä korotti aitausta, ettei otus pääsisi noin vain karkuun. Hän kävi aika ajoin saalistamassa itselleen ja otukselle ruokaa, ja otti otuksen välillä mukaansa. Mutta otuksella oli tapana kuljeskella liian kauas, niin että metsästäjän oli odoteltava sitä pitkiä aikoja, kunnes se palasi hänen luokseen. Silloin oli usein jo vaarallisen pimeää, niin ettei hän itsekään meinannut löytää takaisin kotimökilleen yön kylmyydestä.

Yhdellä metsäreissulla otus karkasi joksikin aikaa ja kuului joutuvan tappeluun karhun kanssa. Metsästäjä löysi sen haavoittuneena, vei sen kotiin ja hoivasi sen taas kuntoon, vaikka otus vaikutti ärtyneeltä ja epäluuloiselta häntäkin kohtaan. Ja siitä lähtien hän otti otuksen mukaansa metsälle vain riimussa, ettei se joutuisi taas vaikeuksiin sinne tänne kuljeskellessaan.

Näin päivät kuluivat, ja yhtenä noista päivistä metsästäjä tajusi otuksen kasvaneen. Se oli jo paljon häntä itseään korkeampi, sen jalat olivat vahvistuneet, ja sen hampaatkin alkoivat työntyä esiin sen huulien välistä. Mutta se nilkutti yhä toista takajalkaansa ja sillä oli vanhoja arpia, jotka tuntuivat olevan kosketusarkoja. Metsästäjä ei ollut varma siitä, pärjäisikö otus sellaisena muitten eläväisten joukossa, ilman hänen apuaan. Otus söi, nukkui, ja jatkoi edelleen outoa kyykkimistään ja heilumistaan, eikä sen hoitaja vieläkään ymmärtänyt, mitä se oikein puuhasi. Välillä otus säntäili levottomasti aitauksessaan, ja joskus se saattoi juosta suoraan kohti aitausta, satuttaen itsensä. Kun metsästäjä meni hoitamaan sen ruhjeita, se ärhenteli hänelle, ja joskus jopa näykkäisi häntä kipeästi. Otuksen puremat tulehtuivat ja olivat kauan kipeitä.

Otus kävi yhä levottomammaksi, vaikka metsästäjä ulkoilutti sitä ja antoi sille ruokaakin enemmän kuin hänellä oikeastaan olisi ollut varaa. Ja yhtenä päivänä otus loikkasi hurjalla hypyllä aitauksen yli ja karkasi metsään. Metsästäjä etsiskeli sitä aikansa, mutta jäi sitten tupansa portaille odottamaan ja jätti aitauksen portin auki. Viimein otus palasi pihaan, ja meni aitaukseen syömään ja sitten nukkumaan. Metsästäjä näki, että sillä oli taas tappelun jälkiä kyljessään. Hän valvoi koko yön miettien ja miettien, miten tulisi toimeen otuksen kanssa, pärjäisikö otus omillaan metsissä, vai pitäisikö hänen vielä hoitaa sitä. Jos otus lähtisi iäksi, hän olisi yksinäinen ja huolissaan siitä, selviäisikö se omillaan. Jos otus tulisi vain syömään hänen ruokiaan, hänelle ei jäisi mitä itse syödä, eikä otuksesta olisi paljoa seuraakaan. Jos hän yrittäisi pitää otuksen tyytyväisenä, siitä saattaisi olla hänelle vielä seuraa ja hupia; mutta toisaalta, se oli levoton ja pelottavakin, eikä se tuntunut enää viihtyvän aitauksessaan.

Aamulla hän huomasi jättäneensä aitauksen portin auki, mutta otus nukkui pahnoillaan. Hän meni varovasti hoitamaan sen haavoja. Otus antoi hänen hoitaa tuoreet haavat, mutta kun hän osui vahingossa vanhaan arpeen, otus ärähti ja puraisi häntä. Ihmisparka kavahti kivusta, perä;ntyi pahoilla mielin pois otuksen luota ja lähti aitauksesta. Hän jätti portin auki ja meni mökkinsä sisään hoitamaan omia haavojaan. Illalla hän näki otuksen nilkuttavan pois aitauksesta, muttei lähtenyt etsimään sitä. Hän vei ruokaa kaukaloon ja jätti portin auki. Aamulla otus oli palannut aitaukseen. Se näytti hieman kurjalta ja väsyneeltä, mutta äännähti ruokkijalleen jonkinlaisen tervehdyksen, tai varoituksen. Metsästäjä kävi katsomassa sitä, muttei koskenut siihen, koska pelkäsi otuksen puraisevan häntä taas.

Hän alkoi purkaa aitaa otuksen ympäriltä, ja jätti jäljelle vain katoksen, pahnat ja ruokakaukalon. Otus lähti illan mittaan omille teilleen, ja palasi jossain vaiheessa syömään ja nukkumaan. Yhtenä aamuna se oli tuonut mukaansa kolme samanlaista otusta, joista muut olivat vielä isompia kuin se ihmisen hoitama otus. Ne kaikki odottivat nyt ihmisen tuovan niille ruokaa. Mutta metsästäjä oli jo syönyt omat varastonsa, eikä ehtinyt etsiä ruokaa noille otuksille. Otukset alkoivat mylviä hänen mökkinsä ympärillä, raapia ja töniskellä ovea ja kirskutella hampaitaan pelottavasti.

Metsästäjä tajusi olevansa pulassa. Hän ei ymmärtänyt otusta sen paremmin kuin ennenkään. Hän ymmärsi vain sen, että tämä odotti saavansa häneltä ruokaa, kuten ennenkin. Mutta nyt hän arveli, että paremman ruuan puutteessa otus söisi vaikka hänet. Epätoivon hetkellä hän kipusi ikkunasta ulos ja pakeni sen verran kauemmas mökistä, että saattoi yrittää saada otusten huomion ennen kuin nämä syöksyisivät häntä kohti.

Metsästäjä kyykistyi jaloilleen, alkoi heilutella päätään ja tassutella käsillään maata, aivan kuin hänen hoivaamansa otus oli tehnyt päivät pitkät aitauksessa ollessaan. Otukset tarkkailivat häntä, ja sitten ne päättivät kuin yhteisestä sopimuksesta lähteä pois tuon ihmisen pihasta. Ne katosivat metsän hämäryyteen, eikä metsästäjä enää ikinä nähnyt yhtäkään sellaista otusta. Eikä hän liioin tiennyt, mikä se otus oli ollut, mikä sitä oli alun pitäen haavoittanut, ja mitä se oli tehnyt reissuillaan. Varsinkaan hän ei tiennyt, mitä sen otuksen takajaloilla kyyrötys, pään heiluttelu ja tassutus olivat tarkoittaneet. Mutta ehkäpä se kaikki elehdintä olikin tarkoittanut otuksen kielellä jotakin sellaista kuin "anna minun olla".

PURJEHTIJA JA HELMI

Mies oli lähtenyt purjehdukselleen jo vuosia sitten, ja näh-
nyt matkallaan monenlaisia paikkoja. Toisista paikoista
hän keräsi laivansa ruumaan monenmoisia aarteita tai
matkamuistoja, joistakin taas ruokaa ja raikasta vettä. Joskus kau-
kaisilta rannoilta nousi laivan mukaan kyytiläisiä, ja joskus kyydis-
tä jäi pois väkeä. Mies vain purjehti ja eleli purrellaan niin onnelli-
sena kuin kykeni, ajoittaisista myrskyaallokoista huolimatta.

Meressä näkyi silloin tällöin veden varaan jääneitä ihmisiä, ja
toisinaan purjehtija poimi heitä kyytiinsä. Toisinaan hän antoi
tuulen viedä laivansa noitten apua huutavien ohi. Hän vältteli kari-
koita ja toisia laivoja, joita epäili ryöstäjiksi. Tyvenillä vesillä me-
ressä näkyi kelluvia kukkalauttoja, tai pieniä, raikkaan vehreitä
saarekkeita. Toisinaan purjehtija näki ajopuitten varassa kelluvia
ihmisiä. Hän saattoi nähdä ihmisten uppoavan pinnan alle, kun he
eivät enää jaksaneet ponnistella pysyäkseen pinnalla. Mutta mies
jatkoi omaa purjehdustaan, etsien aina helpoimmat kulkureitit,
joita pitkin pääsi nopeinta tietä mukavuuksien pariin.

Purjehtija oli tottunut siihen, että kaikki sujui helpolla tavalla
vuodesta toiseen, samaa rataa kuin ennenkin. Niinpä hän ei enää
katsellut useinkaan taivaalle säätä tarkkaillakseen, vaan oletti asi-
oitten sujuvan kuten ennenkin; helposti ja vaivattomasti. Mutta
silloinpa häneltä jäikin huomaamatta pohjoisesta nouseva ukkos-
myrsky. Miehen laiva jäi myrskyn keskelle, purjeet silpoutuivat, ja
laiva jäi tuuliajolle. Ja niin purjehtija ajautui pois tutulta reitiltään.
Hän hätääntyi ja kirosi, eikä kuunnellut muitten veden varaan jou-
tuneitten avunhuutoja, vaan huuteli itselleen apua, ettei menettäisi
laivaansa ja sen arvokasta lastia.

Kukaan ei häntä auttanut, ja laivan keularakenteet halkesivat.
Laiva alkoi vajota, ja purjehtija kiirehti pelastusveneeseen ottaen
mukaansa kaiken tavaran, mitä ennätti pakata ennen kuin laiva

upposi kokonaan ja hän jäi pienessä veneessä keskelle suurta, tuntematonta merta. Mies ajelehti päiväkausia, ja söi ja joi varastonsa tyhjäksi. Hän yritti turhaan järsiä syötävää kaukaisilta rannoilta keräämistään aarteista ja matkamuistoista. Hän näki meressä kelluvia ihmisiä, jotka huhuilivat ja huusivat hänelle, jotta pääsisivät veneeseen, muttei hän halunnut ottaa ketään kyytiinsä. Jos joku tarrasi kiinni veneenlaitaan, hän sysäsi tunkeilijan takaisin mereen.

Näännyksiin väsyttyään purjehtija ei jaksanut enää torjua tunkeilijoita. Liian moni pääsi kipuamaan veneen kyytiin, eikä vene kestänyt heidän painoaan, vaan upposi. Purjehtijan aarteet vajosivat meren pohjaan, ja hän jäi nyt itse veden varaan. Mies arveli jo loppunsa tulleen, kun häntä alettiinkin sysiä ja tyrkkiä pintaa kohti, ja sitten kuljettaa aallokon keskeltä pienelle, vehreälle saarelle. Siellä, vehreyden ympäröimänä, hän henkäisi ilmaa keuhkoihinsa ja avasi silmänsä. Hän näki, että taivas oli loppumattoman avara. Tuossa hetkessä purjehtija ymmärsi, että siinä on kaikki, mikä on tärkeintä; kokea olevansa elossa, tuntea elinvoima ympärillään ja itsessään, saada ilmaa hengittää, ja nähdä taivas.

Hänen pelastajansa, kummallinen, kalamainen meren elävä, jolla oli lempeä katse, naksutteli hänelle tuon saarekkeen laitamilla, suutansa aukoen, aivan kuin olisi halunnut sanoa jotakin. Sitten se lennätti nokallaan hänelle pienen, hohtavan helmen. Purjehtija otti sen kämmenelleen ja puristi sen kämmenensä sisään. Hänen pelastajansa viskasi hänelle muutaman kalankin, ja pelastunut söi kalat ja joi vehreän saarekkeen kasvien päälle kerrostunutta vettä. Sitten mies lepäsi vielä hetken taivasta katsellen, kunnes havahtui tömähdykseen saarekkeen rannassa. Siihen oli ajautunut pieni, mutta ehjä purjevene. Veneessä oli pieni lastiruuma, mutta ruuman luukussa oli moninkertainen lukko. Purjehtija ei tiennyt, mitä veneen lastina oli ollut, eikä rohjennut yrittääkään avata luukkua.

Purjehtija pakkasi mukaansa kaiken evääksi ja juotavaksi kelpaavan, ja lähti purjehtimaan uudella veneellään. Hän seurasi nyt vehreitä saarekkeita, joista hän sai lisää juotavaa ja syötävää, eikä välittänyt etsiä kaukaisia rantoja aarteita kerätäkseen. Aika ajoin hän vilkaisi kämmentään ja näki meren elävältä saamansa helmen. Se oli nyt hänen ainoa aarteensa.

Yhtenä kirkkaana päivänä purjehtija näki, että pienet, vehreät saarekkeet olivat johdattaneet häntä kohti kotisatamaa, joka alkoi jo häämöttää taivaanrannassa. Mies tunsi haluavansa jo kotiin; hän oli väsynyt jatkuvaan purjehtimiseen, myrskyihin ja yksinäisyyteen. Niinpä hän otti suoran suunnan kotisatamaan, ja arveli saapuvansa sinne hyvän sään aikana, jos pysyisi kurssissa.

Mutta silloin luukun alta, ruumasta, alkoi kuulua aivan hirvittävää parkumista ja mylvintää, huutoa, itkua, murinaa ja haukuntaa, kynsien raapimista, rouskutusta ja kiljahduksia. Joku alkoi myös tyrkkiä ja paukuttaa luukkua alhaalta päin, niin että se tärähteli uhkaavasti. Purjehtija ei uskaltanut avata luukkua, koska hän arveli siellä ruumassa olevan jonkin hirvityksen, tai useampia sellaisia, jotka kävisivät hänen kimppuunsa. Hän ajatteli olla välittämättä moisesta melskauksesta, mutta se häiritsi suunnistamista, ja hän huomasi ajautuneensa pois reitiltään. Hänen oli jäätävä ankkurin varaan yöksi ja odotettava valoisaa, että hän saisi otetuksi uudestaan suunnan vehreitten saarekkeitten avulla.

Yöllä mies valvoi ja mietti, miten mukavaa olisikaan palata kotiin ja asettua elämään rauhassa johonkin mukavaa paikkaan. Mutta silloin hän kuuli aivan selvästi huutoja ja kiljuntaa ruumasta.

"Kotiinko sinä haikailet? Olisivat nekin halunneet kotiin, jotka jätit veden varaan, tai joitten annoit upota syvyyksiin! Sinunko pitäisi päästä kotiin? Itse et auttanut ketään. Pidit vain hauskaa, ryöstit kaukaisten maitten ihmisten aarteet, veit ruuat lapsilta ja vanhuksilta, ja tapoit monia, että sait itse elää! Ansaitsetko muka päästä kotiin! Purjehtia sinun pitää! Sinun pitää purjehtia ja purjehtia, kunnes pääsi paahtuu ja suusi kuivuu, ja olet pelkkä luuranko! Silloin voit upota syvyyksiin niitten ihmisten luurankojen sekaan, joita et nostanut kyytiin, vaikka olisit voinut!"

Purjehtija vajosi polvilleen ja yritti tukkia korvansa. Mutta ruumasta tulevat äänet jatkoivat ankaria moitteitaan ja kirouksiaan, ja luukkua tyrkittiin ja hakattiin. Mies ei kestänyt enää noitten hirveitten olentojen syytöksiä, vaan tarttui harppuunaan, jolla oli metsästetty isoja meren eläviä, ja rikkoi luukkuun kiinnitetyt lukot. Hän aikoi tappaa ne vihaiset hirviöt, jotta ne vaikenisivat. Kun hän potkaisi lukon irti luukusta, hän odotti kannen pomppaavan auki ja hirviöitten syöksyvän kimppuunsa. Hän tappaisi niin monta kuin pystyisi; muuta hän ei voisi. Mutta luukku ei auennutkaan itsestään. Mies nosti sen ylös ja kurkisti ruumaan. Siellä ei näkynyt ensin ketään, joten hän sytytti pienen öljylampun ja kurkisti uudelleen alas.

Ruuman pohjalla, rungon läpi sisälle tihkuneen veden kastelemana, nökötti pikkuruinen otus, joka näytti hieman rotalta. Se oli ruma ja surkea, mutta miehen kävi sitä sääli. Hän kurottautui ja nosti otuksen kannelle, kuivasi sen turkkia paitansa hihalla ja tarjosi sille kasvinlehteä. Otus nakersi lehteä hieman epäluuloisena, ja sylkäisi sitten lehtiruodin kannelle.

”Sinäkö se päästelit ne kaikki kamalat äänet ja huusit minulle ne solvaukset?” purjehtija kysyi osittain tuohtuneena, osittain helpottuneena. Otus pudisteli päätään, nyökytteli ja pudisteli, ja pyysi lisää vihreää lehteä. Kun se oli syönyt kyllikseen, se kipusi miehen syliin ja työnsi itsensä hänen kainaloonsa. Mies alkoi itkeä tuhertaa, ja mietti kaikkea sitä, mitä oli vuosien purjehduksillaan kohdannut. Ne äänet olivat olleet oikeassa. Hän oli ryöstänyt toisilta, tappanut jäädäkseen itse eloon, ja kääntänyt selkänsä monille avuntarvitsijoille, niin eläimille kuin ihmisille. Hän oli tehnyt väärin, eikä ansainnut päästä kotirantaan. Ehkä hänen pitäisi hypätä mereen ja jättää vene jollekulle toiselle, joka tarvitsisi sitä ja ansaitsisi päästä kotiin.

Mies nousi ja hivuttautui veneen laitaan. Hän oli jo pudottautua mereen, mutta muisti silloin tuon pikkuotuksen, joka oli kaivautunut hänen kainaloonsa nukkumaan ja puristi hänen paitaansa terävillä kynsillään. Jos hän nyt hyppäisi, myös otus jäisi veden varaan ja hukkuisi. Mies yritti hätistää otusta kimpustaan, mutta eipä se päästänyt irti; se vain näykkäisi häntä terävillä etuhampaillaan. Mies istahti takaisin kannelle. Hän laittoi ruuman luukun kiinni ja kävi nukkumaan. Aamulla hän ei nähnyt vehreitä lauttoja, eikä myöskään kaukana häämöttänyttä kotisatamaa. Hän ei tiennyt, minne suuntaisi.

Otus pysytteli kiinni hänen vaatteissaan, ellei sitten käynyt kakkimassa jonnekin tai hakemassa uutta lehteä syödäkseen. Kun syötävä ja juotava alkoi loppua, purjehtija ei tiennyt, mistä löytäisi vehreän saarekkeen. Silloin pikkuotus alkoi nyrpistellä nenäänsä ja juoksennella kiihtyneenä pitkin kantta. Se piipitti ja narskutti ja huitoi pienillä, teräväkyntisillä tassuillaan. Siitä purjehtija arvasi, että se haistoi oikean suunnan, ja pian löytyikin uusi saareke, josta mies sai ruokaa ja vettä itselleen ja pikkuotukselle.

Nyt purjehtija näki taas kotisataman. Hän käänsi veneen kulkemaan kohti satamaa, mutta arveli ruumasta alkavan kuulua taas niitä vihaisia ja syyttäviä ääniä, jotka vakuuttelivat sitä, ettei hän ansainnut päästä kotiin. Kun äänet alkoivatkin taas mylviä ja huutaa, hän puristi korvansa kiinni ja puri hammasta. Luukku rytisi ja tärisi, eikä se ollut edes lukossa, mutta eipä sieltä mitään läpi tullut. Pikkuotus tuli miehen luo ja näykkäisi häntä nyrkistä, ja silloin helmi putosi hänen kädestään, kiersi pitkin kantta ja putosi luukunraosta alas ruumaan. Tuli äkkiä aivan hiljaista.

Mies kohottautui ja ryömi luukun luo, kuunteli hetken, ja raotti sitten luukkua. Hän näki, että ruumassa istui kaikenlaista väkeä; osa kaukaisista maista, osa lähempää, osa hänen entisen laivansa väkeä, ja mukana oli myös kaikenlaisia meren eläviä.

”No, uskalsit sentään tulla katsomaan meitä kasvoista kasvoihin! Hyvä että päästit meidät nyt kyytiisi, niin mekin pääsemme kotiin”, vanha perämies sanoi. ”Ja tuossa on helmesi! Pidä siitä nyt parempi huoli, ettet kadota sitä toista kertaa.”

Mies sulki helmen kämmeneensä, antoi pikkuotukselle vehreän, ison lehden, ja otti suunnan kohti kotisatamaa.

SUSISIELU

Kaukana soitten, kuohuvien virtojen ja vuoristojen takana oli muinoin laaja, asumaton maa, jonne eräs kulkija vaelsi pohjoisesta etsiessään itselleen paikkaa, jossa elää. Tuo kulkija ei viihtynyt ihmisten parissa, vaan halusi elää siellä, missä nelijalkaisetkin elelivät. Hän ei pelännyt niitä, joita toiset kutsuivat pedoiksi, vaan pelkäsi enemmänkin toisia ihmisiä. Hän vierasti ihmisten tapoja, sääntöjä ja vaatimuksia toisiaan kohtaan, ja olisi halunnut elää toisella tapaa. Eikä hän löytänyt ihmisten parista ketään kaltaistaan kumppanikseen, joten hän vaelsi yksin.

Erämaihin asettuessaan hän alkoi tarkkailla susia, joitten alueelle hän oli osunut, ja ajan mittaan sudet hyväksyivät hänet elinpiiriinsä. Hän ei niitä mitenkään uhannut, eivätkä ne häntä. Kun hän oli joskus nälissään, sudet antoivat hänen jakaa osan saaliistaan. Toisella kerralla hän auttoi niitä metsästämään. Yhteisen saaliin äärellä hän ulvoi niitten mukana, ja hän tiesi, että ne halusivat jakaa hänelle ajatuksiaan. Vuosien kuluessa hän sai susiperheen luottamuksen, niin että sai hoitaa myös niitten penikoita.

Vuodet kuluivat, ja ihminen vanheni, ja susisukupolvi vaihtui, kun syntyi uudet vanhemmat, uudet pennut, uudet sisarukset. Ihminen eli susien keskellä kuin olisi yksi niistä. Susisukupolvi toisensa jälkeen oppi tuntemaan hänet, ja hän oli niille rakas. Mitä pidempään hän eli susien kanssa, sitä enemmän hän alkoi puhua ja ajatella kuin nekin.

Vuosikymmenten jälkeen ihmisruumis alkoi vanheta ja käydä raihnaiseksi, ja sudet ruokkivat häntä aivan samoin kuin omia vanhuksiaan. Pennut nukkuivat hänen vieressään ja lämmittivät hänen ruumistaan, kunnes hänen ruumiinsa muuttui elottomaksi. Hän kuitenkin havahtui hereille yhdessä pennuista, pennun sudenruumiissa, ja pennun mieli otti hänen sielunsa rinnalleen. Hän eli tuon pennun ruumiissa, hänen sudenruumiinsa kasvoi, ja hänestä varttui susi, jolla oli ihmisen sielu suden sielun rinnalla.

Tämä susi-ihminen alkoi kaivata omaa elämänkumppania, ja siksi hän hyvästeli susiperheensä ja vaelsi hieman lännemmäs, vuoristoiselle seudulle ennen suoalueita. Siellä susi-ihminen näki ihmislapsia, ja se tunnisti niissä ystävällisen, luontoa rakastavan sielun, ja meni tervehtimään ihmislasta. Ihmislapsi ilahtui tuosta sudesta ja otti sen ystäväkseen. Siitä lähtien he viettivät jokaisen hetkensä yhdessä, jakoivat ruokansa, ja nukkuivat vieretysten. Susi-ihminen puhui ihmislapselle omaa kieltään, ja ihminen sille omaansa, mutta ilman puhettakin he ymmärsivät toistensa ajatukset.

Kului vuosia, ja lopulta susi-ihminen tunsi sudenruumiinsa elämänvoiman vähenevän, ja kävi viimeisen kerran levolle ihmisystävänsä viereen. Ihmisystävä otti nyt vastaan niin suden kuin ihmisenkin sielut oman sielunsa rinnalle. Suden ruumis kuoli, mutta sen sielu jatkoi elämää ihmisessä, josta tuli nyt ensimmäinen susisieluinen ihminen.

Susisieluinen ihminen varttui aikuiseksi ja rakastui oman heimonsa kasvattiin. He asettuivat elämään yhdessä ja saivat lopulta lapsia. Jokainen tuon ensimmäisen susisieluisen ihmisen lapsista sai vähintään yhden lapsen, joka sai osansa vanhempansa sudensielusta. Kun nuo lapset löysivät kumppanin, he saivat lapsia, joista vähintään yhdellä oli osa isovanhempansa sudensielusta. Jos sattui, että kaksi ihmistä, joilla kummallakin oli esivanhempansa kautta osa sudensielua sisällään, sai keskenään lapsia, joku lapsista sai kummaltakin osan susisielua, ja heidän jälkeläisissään saattoi olla useampikin susisieluinen ihminen. Ja noista ihmisissä sai alkunsa Warginmaan kansa, jossa on aina oleva ihmisiä, joissa elää suden sielu.

Nuo ihmislapset, joilla on sisällään osa sudensielua, ovat levinneet kaikkialle maailmaan. Mutta heillä on taipumus myös palata takaisin esi-isiensä synnyinseuduille, elämään kaukana isoista ihmisvaltakunnista, tai sitten he löytävät jonkun toisen kaltaisensa kulkemaan rinnallaan, siellä missä milloinkin vaeltavat.

Susisielut ovat merkki siitä, että se, joka luulee olevansa erillinen Kaikkeudesta, ei vielä tunne Kaikkeutta.

HIRVIÖN AARRE

Olipa kerran kulkija, joka oli väsynyt matkantekoon ja kaikkiin koettelemuksiin matkansa varrella. Hän kaipasi päästä turvalliseen paikkaan nukkumaan, ja siksipä hän hämärän tullen, heti sopivan kallionkolon löytäessään, ryömi syvälle tuonne onkaloon, ja nukahti uupumukseensa. Hän nukkui kauan, ja herättyään hän tarkasteli hämärää onkaloa, jonne oli asettunut. Se oli kyllä aivan puhdas ja raikas, eikä liian ahdaskaan hänen kokoisensa asuttavaksi. Mutta koska kulkija tunsi olonsa sentään hiukkasen levänneeksi, hän päätti ryömiä ulos luolasta ja jatkaa matkaansa, vaikkei siihen erityistä intoa tuntenutkaan.

Kun hän konttasi onkalon suulle ja aikoi työntää päänsä ulkopuolelle kirkkaaseen aamuun, hän näki kauhukseen ikään kuin niljakkaan ja nystyräisen selän aivan nenänsä edessä. Tuo valtaisa selkä nojautui parhaillaan kallionkoloa kohti, ja häthätää mies ehti vetäytyä takaisin onkaloon tuon hirviömäisen selän jo tukkiessa kolon suuaukon kokonaan. Tuli pilkkopimeää, koska tuo hirvitys esti kaiken valon pääsemisen onkaloon.

Koska mies ei voinut tehdä mitään ja oli sitä paitsi jonkin aikaa aivan kauhusta lamaannuksissa, hän kävi nukkumaan. Herätessään hän oli aivan väsynyt, ja ilma haisi tunkkaiselta. Onkalon suulta tuli vain kapea valonsäe, ja sieltä kuului kuorsausta. Hirviömäisen selän omistaja se siellä nuokkui syvässä unessa; nojaten yhä tuon kalliononkalon suuta vasten. Mies mietti, saisikohan hän sen pelotelluksi pois kolon suulta, jos härnäisi ja hätistelisi sitä? Yltäisiköhän se onkaloon hänen kimppuunsa? Ei se ainakaan kokonaan mahtuisi onkaloon, eikä ehkä yltäisi käydä kiinni häneen.

Mies tunnusteli matkatavaroitaan ja löysi sieltä lyhyen miekkansa. Hän ryömi kohti onkalonsuuta ja tuikkasi miekallaan kohti tummana näkyvää selkää. Kuului kammottava ärjäisy, ja tuli hetkeksi valoisaa, mutta sitten niljakas, pitkäkyntinen koura työntyi luolaan ja alkoi haroa miestä kohti. Mies vältteli tuota harovaa kättä lymyillen vasten onkalon seinämiä, uskaltaen tuskin hengittää. Koura tunnusteli ja etsiskeli aikansa, mutta kun ei tavoittanut itse miestä, se tarttui miehen matkatavarasäkkiin ja veti sen ulos mukanaan. Kuului rahinaa ja tuhinaa, kun hirviö tutkiskeli miehen matkasäkin sisältöä, ja sen aikaa saattoi valoa ja raitista ilmaakin päästä luolan sisään. Mutta sitten tuli hiljaista, ja hirviö näytti asettavan jotain säkkimäistä vasten onkalonsuuta, ja pimensi luolan.

Onkalossa oli nyt todella tunkkaista, niin että mies oli pökertyä, kun ei rohjennut kunnolla hengittääkään. Hänen oli pakko laskeutua onkalon pohjalle makuulle silläkin uhalla, että hirviön koura yltäisi häneen, jos se päättäisi tavoitella häntä uudelleen. Mutta hirviöpä ilmeisesti piti vahtia onkalon suulla, ja niin mieskin lopulta taas nukahti uupumukseensa, kun ei muutakaan voinut.

Kun mies heräsi, onkaloon pilkotti taas vähän valoa. Hän mietti, olisiko hänellä mitään keinoa ajaa hirviötä pois, niin että hän pääsisi jatkamaan matkaansa. Nyt hän jo kaipasi päästä matkalle; olihan tutkimattomassa maastossa vaeltaminen ihan toista kuin kyyköttää pimeässä, nälissään ja janoissaan; saati sitten kuunnella inhottavaa kuorsausta ja hengittää tunkkaista ilmaa. Eikö hirviö liikahtanut ikinä minnekään onkalon suulta? Missä se oli ollut silloin, kun mies oli sattunut paikalle iltahämärässä ja päässyt ryömimään sisälle onkaloon? Mitä ihmettä se nyt siinä koko ajan kökötti, mokoma haiseva rumilus?

"No jopa oletkin inhottava otus", mies mutisi puoliääneen.

"Niin sinäkin olet, jos otat minun aarteeni!" kuului luolan suulta hieman äkäisesti. "Mikset tule pois sieltä aarteeni piilopaikasta, vaan nukut siellä ja vieläpä tökit minua miekallasi?"

"Miksi itse nukut siinä onkalon suulla, etkä päästä minua pois?" mies ärähti.

"Tietenkin nukun tässä vahtimassa aarrettani!" ääni murahti vastaan. "Istun tässä varsinkin niin kauan kuin sinä olet siellä!"

"Kuka hullu tänne tulisi aarteita etsimään?" mies huusi. "Täällähän haiseekin kuin tunkiossa!"

"Ei siellä haissut ennen kuin sinä sinne menit!" hirviö puuskahti.

"Mutta en minä mennyt etsimään aarrettasi, vaan menin tänne vain nukkumaan!" mies ärjyi vihaisena. "Haluan jo pois!"

"No tule sitten pois sieltä!"

"Mutta sinä tapat minut!"

"Enkä tapa! Miksi ihmeessä tappaisin sinut? En vain halua, että otat aarrettani!" hirviö huudahti kiukkuisesti.

"Mitä aarteita tällaisessa kammottavassa kolossa muka on?" mies ärähti.

"En kerro sinulle, koska muuten otat sen mukaasi!" hirviö karjaisi. Mies mietti hetken aikaa, hengitteli, ja päätti koettaa onneaan.

"Päästä minut ulos, niin en ota aarrettasi!" hän huusi. Kului vain hetki, kun hirviö vetäytyi luolan suulta, ja tuli valoisaa. Mies ryömi varovasti ja epäluuloisena ulos. Hirviö kökötti onkalon suulla ja tuijotteli häntä hieman surullisilla silmillään. Se oli tosiaankin iso, ruma ja kömpelön näköinen; sillä oli likaiset ja niljakkaat, kelmeät kädet, ja liian pitkät kynnet. Mies katseli sitä inhosta värähtäen, mutta nyt kun hän oli päässyt ulos, raikkaaseen ilmaan, uteliaisuus voitti inhon, eikä hän juossutkaan suin päin pakoon. Hän huomasi matkasäkkinsä, johon hirviö oli pakannut hänen tavaransa siististi takaisin, ja miekkansa sen vieressä. Hirviö ei ollut näköjään varastanut häneltä mitään. Eikä hänkään ollut vienyt luolasta mitään...

"No, minä en vienyt aarrettasi, joten voin kai ottaa oman säkkini ja jatkaa matkaani?" mies kysyi nyt rauhallisena. Mutta hirviö näytti kauhistuneelta.

"Mutta voi, veithän sinä! Sitä on tarttunut sinuun onkalon seinistä!" se huusi ja yritti tarrata häneen molemmin käsin.

"Mitä se on?" mies huudahti pelästyen, kun hirviö sai kiinni hänen olkapäistään.

"Se on kivenitkua! Se on tarttunut selkääsi kalliosta! Ja Vaeltaja lupasi minulle, että kun kivi itkee, minä saan mitä tarvitsen! Minä tarvitsen kivenitkua, jotta toiveeni täyttyisi", hirviö parahti, ja sen silmistä alkoi tulvia isoja kyyneleitä. "Jos sinä veit minun kivenitkuni, minulla ei ole enää mitään toivoa saada mitä tarvitsen..."

"No mitä sinä olisit tarvinnut?" mies huudahti, ja paha mieli kuristi hänen kurkkuaan. "Päästä minut irti, niin yritän auttaa sinua jotenkin!"

Hirviö irrotti otteensa miehen hartioista ja painoi lannistuneena ison, ruman päänsä. Hetken mies tunsi kiusausta paeta, mutta hän katsoikin hirviötä uudelleen, kun tämä pyyhki auringonvalossa hohtavia kyyneleitään kelmeään käsivarteensa.

"Olisin tarvinnut matkakumppanin, koska en tiedä oikeaa reittiä! Mutta kukaan ei koskaan pysähdy edes puhumaan kanssani, saati sitten halua kulkea rinnallani. Haluaisin mennä vuorten taakse, sinne, missä saan olla sellainen kuin olen, pohjimmiltani", hirviö sanoi. Ja se oli niin hirvittävän surullinen, että mies tunsi itsekin liikuttavansa, aivan kuin kivisydämestä olisi tihkunut esiin ruosteenpunaisia kyyneleitä.

"Jos et tee minulle pahaa, voit kulkea minun mukanani vuorten taakse", mies sanoi huoahtaen. Silloin hirviö nosti päätään ja hymyili leveästi, ja nosti sekä miehen matkasäkin että oman säkkinsä olalleen. He lähtivät yhdessä eteenpäin tuota reittiä, jolle mies oli lähtenyt jo vuosia sitten yksikseen, ja jolla hän oli itsensä uuvuttanut, ilman kanssamatkaajaa. Mies ja hirviö kulkivat nyt yhdessä, ja päivien jälkeen mies oli jo tottunut hirviön ulkomuotoon. He saattoivat vaihtaa ajatuksia, jakaa ruokansa ja jopa nukkua vieretyksin saman puun alla, jos yöllä tihkutti vettä.

Päiväkausien taivalluksen jälkeen he pääsivät vuorten yli auringonpaisteessa kylpevälle rinteelle, ja aivan äkkiä, kun hirviö oli ottanut yhden askelen eteenpäin miehen edelle, kävi kirkas valonvälähdys, ja tuntui kuin likainen vaate olisi vetäisty pois miehen silmiltä. Hän näki edessään ihmeellisimmän ihmisolennon kuin olisi osannut kuvitellakaan. Tällä oli tosin yllään pelkkä kulunut pellavakaapu, hiukset olivat sotkuiset ja kädet likaiset ja hoitamattomat, mutta hän näytti kaikin tavoin rakastettavalta. Olento kääntyi katsomaan häntä; hymyillen nyt leveästi, ja hänen silmänsä loistivat kilvoitellen auringon kanssa.

"No, minusta tuntuu, että taidan olla perillä", hän sanoi rauhoittavalla, iloa täynnä olevalla äänellä. "Nyt voimme erota ystävinä, kun saattelimme toisemme tänne saakka! Olen kiitollinen sinulle siitä, että toit minut tänne, missä saan olla sellainen kuin olen!"

"Mutta ethän sinä olekaan hirviö", mies mutisi häkeltyneenä.

"Hirviökö? Olenko minä ollut sinua kohtaan niin kamala?" tuo olento kysyi tyystin hämmentyneenä. "Mutta enhän minä sinulle tarkoittanut pahaa, vaikka yritinkin estää sinua viemästä aarrettani! Sinähän se tökkäisit minua miekalla ja ärjyit minulle..."

"Niin, minä olen ollut se hirviö, etkä sinä", mies sanoi ja tarttui uutta ystäväänsä kädestä kuin kalleimmasta aarteestaan. "Sinä olet aina ollut se, joka olet, enkä minä tahdo sinusta enää erota, vaan jatkaa matkaa yhdessä!"

KAKSI ONNELLISTA MIESTÄ

Olipa kerran onnellinen mies, jonka nimi oli Janos. Hän eli kuin kuningas. Hänen kotinsa oli suuri, ja siinä oli monta kerrosta ja monia huoneita, ja sali, jonne saattoi kokoontua väkeä kuin kuninkaitten hoviin. Mies ylläpiti kodissaan niin palvelusväkeä kuin seuranpitäjiä, niin orjia kuin viihdyttäjiäkin. Hänellä oli käskytettävänään myös sotureita, viljelijöitä, käsityöläisiä, kirjureita; kaikkea mahdollista väkeä, joka hänen elämänsä mukavuutta turvasi. Hän oli ansainnut asemansa syntyessään varakkaaseen sukuun ja korkeaan asemaan, ja hänen vaurautensa kasvoi, kun hän sai tiluksiltaan hyvän sadon. Ja jos sato sattui olemaan huonompi, hän lähetti soturinsa valloittamaan lisää maata.

Miehellä oli paljon karjaa ja kaikenlaisia eläimiä, joita hänen teurastajansa teurastivat päivittäin, jotta hän sai kestityksi seuraväkeään. Hän lähetti myös metsästäjiä yhä kauemmas, etsimään saaliseläimiä, niin että sai milloin minkäkinlaista riistaa pitoihinsa. Ja seuraväki oli haltioissaan, kun hän tarjosi niin ylenpalttisen määrän ruokaa ja erikoisiakin herkkuja pitopöydässään, samalla kun viihdyttäjät tarjosivat heille iloa niin korville, silmille kuin mielellekin. Ja kaikki tuo tapahtui aivan kuin isännän olisi tarvinnut vain nykäistä narusta tai vääntää vivusta; aivan kuin hän olisi yhdellä liikkeellä loihtinut tuon kaiken itsensä ja vieraittensa iloksi.

Hänen vaatteensa oli tehty parhaista kankaista, joita hänen pestaamansa kauppiaat toivat päivämatkojen, jopa viikkojen matkojen takaa. Hän tiesi että kaukaisten maitten orjaväki oli nuo kankaat ahkerasti ja näppärästi kutonut ja värjännyt, jopa hengenvaarallisesti hankituilla väriaineilla. Mutta miten kauniita hänen pukunsa olivatkaan, ja miten paljon ihmetystä ne seuraväessä aikaansaivatkaan! Naimattomat neidot olivat autuaita ajatuksistakin, että tuo ihmeellisiin kankaisiin puettu mies kenties jonakin päivänä antaisi heillekin lahjaksi noita kankaita, kenties huomenlahjaksi jopa. Ja he haaveilivat, että joku heistä kenties pääsisi istumaan tuon isännän vierelle, pöydänpäähän, tuohon koristeelliseen tuoliin, joka oli tehty kaukaisesta maasta tehdystä, hyvin harvinaisesta puulajista.

Janos oli onnellinen, hyvin onnellinen. Ystävät viihtyivät hänen pöydässään, muistivat aina kiittää hänen anteliaisuudestaan ruokatarjoilussa ja viihdytyksessä, ja kehua hänen kaskujaan ja tietouttaan, joita hänen ylläpitämänsä opettajat hänelle päivittäin opettivat, niin ettei hänen tarvinnut vaivautua koskaan lukemaan itse edes kokonaista kirjakääröä. Häntä pidettiin viisaana miehenä, kun hän silloin tällöin mainitsi jonkin asian, jonka hänen opettajansa oli hänelle vastikään kertonut. Hänellä oli hyvä ulkomuisti, joten hän saattoi oppia paljonkin viisauksia. Ja vaikka hän olisikin joskus jonkin asian lausunut väärin, ei häntä kukaan siitä soimannut. Hänhän oli niin mukava mies, hyväluontoinen ja ystävällinen; niin antelias pitojen isäntä, ja kaikki viihtyivät hänen seurassaan ja pitopöydässään muutenkin. Hänellä oli omia musikantteja, runoilijoita, taitotemppuilijoita, narreja, tanssijoita ja muita viihdyttäjiä, ja sellaisista huveista nauttiakseen vieraat olisivat sietäneet isännältään vaikka millaisia tiedollisia kömmähdyksiä.

Ja jos Janos tunsi jonakin päivänä pientä kyllästyneisyyttä isoon kotilinnaansa ja tiluksillaan kuljeskelemiseen, hän saattoi aina lähteä matkalla. Hän oli hankkinut parhaita hevosia; ne oli pyydystetty hänelle kaukaisilta aroilta, joilla ne olivat juosseet vapaina kuin tuuli. Nyt ne kuljettivat hänet melkein tuulen nopeudella minne hän vain tahtoi; milloin etelään, milloin länteen, milloin itään. Hänen mukanaan kulki suuri määrä palvelusväkeä ja seuralaisia, ja kaikille oli aina varattuna omat ratsut, tai kevyet vaunut. Ja jos ruokavarat sattuivat pilaantumaan matkan varrella, mukana kulkevat metsästäjät hankkivat paikallista riistaa. Eikä mies halunnut jättää jälkeensä mitään törkyä, siellä missä hän matkasikin. Hän käski palvelusväkensä kaivaa kuoppia, ja kaikki jätteet piilotettiin noihin kuoppiin, siellä missä he kulloinkin matkasivat, eikä niistä jäänyt mitään silmää haittaavaa.

Ja milloin tuo elämäänsä tyytyväinen mies ei halunnut matkata maastossa, hän matkasi jokia ja meriä pitkin. Ellei ollut riittävää tuulta, lukemattomat soutuorjat huolehtivat siitä, että matka eteni, niin ettei matkan varrella ehtinyt pitkästyä. Ja jos orjat väsyivät, oli helppo hankkia sellaisia lisää. Jokaisessa satamassa oli orjasäiliö, josta sai ostetuksi lisää vahvoja orjia airoihin. Matkan varrelle väsyneet oli helppo hävittää, eikä ruhojen hajut nousseet meren syvyyksistä matkalaisia häiritsemään.

Jokaiselta matkaltaan tuo onnellinen mies toi matkamuistoksi uuden, harvinaisen lemmikin omaan eläintarhaansa, tai jonkin erikoisen kasvin istutettavaksi puutarhaansa, jotta saisi nauttia niitten ihmeellisyydestä silloinkin, kun oli muitten harrasteittensa takia niin kiireinen, ettei ehtisikään matkata kauemmas, edes tuulennopeilla ratsuillaan. Hän ihaili erikoisia eläimiä ja nautti kasveista ympärillään. Hän toi matkoiltaan aina myös orjia ja orjattaria, joita ostamalla hän auttoi kaukaisten maitten köyhää väkeä. Moni nälkää näkevä perhe myikin mielellään poikiaan ja tyttäriään tuon hyvinvoivan miehen orjaksi. Näkihän hänestä monen askelen päähän, miten onnellinen ja vauras hän oli, ja että hän pitäisi varmasti hyvän huolen orjistaan. Aikanaan hän valitsi itselleen vaimonkin kaikista hänen silmiään miellyttävistä neidoista, muttei hän ollut turhan tarkka valinnassaan, vaan noudatti sen hetken tunnekuohun nostattamaa toimintatarvetta. Saattoihan hän aina ottaa uudenkin vaimon, jos liitto ei olisikaan sopuisa; hänellähän oli varaa elättää luonaan vaikka miten monia suita ja vaatettaa vaikka miten monta kaunotarta.

Miehellä oli kaikkea, mitä hän ymmärsi ja saattoi toivoa. Hänellä oli katto pään päällä, vaatteita ylleen, ja ruokaa, niin paljon kuin hän tarvitsi. Hänellä oli seuraa, kun hän sellaista kaipasi. Hänellä oli tietoa, mitä hän arjessaan tarvitsi, ja huvituksia, kun hän sellaisia kaipasi. Hänestä tuntui, että hänen elämänsä oli ihmeellistä ja merkityksellistä. Hän saattoi aina syventyä pohtimaan elämän ihmeellisyyksiä, katsella kauniita asioita ympärillään, ja jakaa pohdintansa ihmisten kanssa, joista hän välitti. Hän saattoi nauttia musiikista ja silmien iloista, ja vaikka hän oleskeli kotonaankin, hänen mielensä saattoi vaeltaa paikoissa, joissa hän oli käynyt, ja miettiä paikkoja, joissa ei ollut vielä käynyt. Eivätkä ystävät koskaan väistyneet hänen viereltään; olihan hänen kanssaan hyvä elää.

Janos toden totta oli onnellinen mies, ja toivoi, että kaikki hänen ystävänsäkin voisivat elää yhtä onnellisesti.

Olipa kerran, kaukana tästä maailmasta, toinen onnellinen mies, jonka nimi oli myös Janos. Edesmenneitten ihmisten silmin, tai meidän maailmamme ihmisten silmin, hän saattoi näyttää elävän melkein kuin kerjäläinen, kuten suurin osa hänen aikalaisistaan.

Hänen kotinsa oli pieni, siinä oli vain yksi kerros ja kaksi huonetta. Toinen huone oli yksityinen nukkumanurkkaus, toinen se, jossa hän söi ja teki askareitaan, ja jonne hänen ystävänsä silloin tällöin kokoontuivat. Miehellä ei ollut kodissaan palvelusväkeä eikä seuranpitäjiä, ei orjia, eikä viihdyttäjiä. Hänellä ei ollut käskytettävänään sotureita, viljelijöitä, käsityöläisiä, kirjureita tai muuta väkeä.

Hän oli syntynyt aivan tavalliseen perheeseen ja asemaan. Hänen valtakunnassaan kaikkien oli elättävä sillä tavoin, eikä hänen elämäntapansa mitenkään poikennut muitten kansalaisten tavoista. Hänellä oli pieni peltotilkku ja kasvimaa, kuten muillakin. Yleensä hän sai tiluksiltaan riittävän hyvän sadon, vuosi toisensa jälkeen. Ja jos sato sattui jonakin vuonna olemaan huonompi, hän kuljeskeli metsissä korjaamassa talteen metsän antimia, tai kärsi hieman nälkää, kuten kaikki muutkin. Ja ihmiset auttoivat toisiaan, miten pystyivät, huolehtien ensisijaisesti niistä, joilla oli lapsia.

Miehellä oli kanoja ja vuohi, joista hän sai munia ja juustomaitoa, eikä hän syönyt paljoakaan lihaa, mutta hän kalasti lähivesissä. Noilla arkisilla antimilla hän sai kestityksi ystäviään, jotka silloin tällöin poikkesivat häntä tervehtimään. Kun hän halusi juhlia jotakin, hän saattoi käydä metsällä. Väellä oli lupa metsästää tietty määrä tietynlaista riistaa vuosittain, riippuen siitä, minkä verran ihmisiä perheessä oli. Ja ystävät ja silloin tällöin tupaan kutsutut kerjäläiset iloitsivat hänen kanssaan riistalihasta, tuosta harvinaisesta herkusta. Ja tuo pieni, iloinen seurue nautti sekä yksinkertaisesta ateriasta kuin mukavasta seurastakin. Ystävät iloitsivat katsellessaan isäntänsä hymyileviä kasvoja, ja kuunnellessaan hänen pohdintojaan ja hänen sepittämiään runoja. He arvostivat sitä, ettei tuo kaikki, mitä oli tarjolla, ollut tullut vain vipua vääntämällä tai narua nykäisemällä. He tiesivät, että mies oli nähnyt vaivaa tarjotakseen heille tuon yksinkertaisen, hyvän aterian, itsensä ja vieraittensa iloksi.

Miehen vaatteet oli tehty osin pellavasta, osin vihulaiskankaasta, jota kaikki valtakunnan perheet tuottivat, kukin omilta mailtaan. Myös turkiksia tai nahkaa saattoi käyttää kylmemmillä säillä, kun oli itse metsästänyt, tai saanut vaihdossa hyvän taljan tai vuotia. Miehellä oli ystäviä, jotka osasivat kutoa kangasta ja tehdä vaatteita, ja auttaa, jos hänellä oli hankaluuksia ommella jotakin. Kankaat oli värjätty niillä luonnonaineksilla, mitä metsästä tai kasvimaalta saattoi löytää. Janos piti erityisesti sipulinkuorilla värjätystä mys-

systään, ja paidasta, joka oli kudottu monenvärisistä langoista.
Mutta miten hauskannäköisiä hänen pukunsa olivatkaan, ja miten
paljon mukavaa puhuttavaa hän ja hänen ystävänsä saattoivatkaan
keksiä miettiessään, millaisia väriyhdistelmiä tai jopa kuvia he
voisivat erilaisilla väreillä luoda paitoihinsa tai viittoihinsa! Mie-
hen tuntemat naimattomat neidot olivat usein kyselleet häneltä,
miten hän olikaan oppinut käyttämään värejä niin kauniisti. Yksi
neidoista oli erityisen kiinnostunut hänen taidoistaan kuvata asioita
kankaille, ja tuolle neidolle hän lahjoitti huivin, johon hän oli taita-
vasti värjännyt ohdakkeitten kuvia. Neito haaveili, että pääsisi
joskus asettumaan miehen mökin tuvan pöydän ääreen, istumaan
hänen viereensä; tuohon tuoliin, jonka mies oli taitavasti veistänyt
puusta, jonka hän oli saanut omalta maapalstaltaan. Janos oli koris-
tellut tuolin kauniilla koukeroilla ja kyllästänyt pellavaöljyllä.

Janos oli onnellinen, hyvin onnellinen. Hänen ei niinkään lukui-
sat, mutta sitäkin uskollisemmat ystävänsä viihtyivät hänen pienen
pöytänsä ääressä, ja he muistivat aina yhdessä kiittää jakamastaan
ruuasta. Ystävät nauttivat hänen tarinoistaan ja heidän yhteisistä
pohdinnoistaan, kun he miettivät, mikä on totuus, ja mikä on oi-
kein ja hyvää. Mies ei ollut käynyt tietopuolisessa opissa paljoa-
kaan enempää kuin muutkaan siinä valtakunnassa, mutta hänestä
oli mielenkiintoista lukea kirjakääröjä, joita hän lainasi ystäviltään,
ja keskustella monenlaisista asioista. Toisinaan hänen mökissään
vieraili vaeltajia, jotka toivat tietoa kaukaisemmistakin maista.
Häntä pidettiin tiedonjanoisena, jopa viisaana miehenä, kun hän
pohdiskeli asioita ääneen, vaikkei aina muistanutkaan mitään tark-
kaa tietoa. Hänellä ei nimittäin ollut hyvä ulkomuisti, mutta se, että
hän pohti, kyseli ja kuunteli, innosti paikalla oleviakin pohtimaan
ja keskustelemaan asioita. Ja vaikka hän saattoi unohdella tai lau-
sua väärin joitakin asioita, ei häntä kukaan siitä soimannut. Hän oli
hyväluontoinen ja ystävällinen mies. Hän jakoi omasta vähästään,
ja hänen seurassaan saattoi laulaa, soittaa, kuvitella yhdessä mitä
tahansa olemassa olevaa tai olematonta, tarinoida menneistä tai
keksiä tarinoita tulevasta, tai aivan kuvitteellisista maailmoista.

Ja jos Janos tunsi jonakin päivänä pientä kyllästyneisyyttä pie-
neen tupaansa ja pienillä maillaan kuljeskelemiseen, hän saattoi
aina joutaessaan kyläillä ystävänsä luona, tai joskus lähteä pidem-
mällekin matkalle. Hän matkasi kävellen ja nauttien samalla uusis-
ta maisemista. Hän matkasi kaikessa rauhassa ja keskittyen kaik-

keen, mitä saattoi aistia; mitä silmillään näki, korvillaan kuuli ja nenällään haistoi, ja miten hän tunsi elämän virtaavan jäsenissään, kun hän taivalsi, askel kerrallaan, nauttien jokaisesta askeleesta. Hänellä ei ollut kiire minnekään, sillä kaikki tapahtui ajallaan. Ei hänellä ollut kiire eteenpäin elämässään, koska elämän päätepiste olisi kuolema, ja miksi hän sinne kiirehtisi?

Matkansa varrella Janos ihaili vapaina juoksevia villihevosia, jotka taivalsivat kuin tuuli. Hän ei tarvinnut apuväkeä matkaseurakseen. Hän nautti hiljaisuudesta ja omista havainnoistaan, omista ajatuksistaan, mieluisista muistoistaan ja tulevien tapahtumien odotuksista. Eväänään hänellä oli kuivaa leipää ja kuivakalaa, eikä sellainen eväs pilaantunut muutamassakaan päivässä. Eikä tuo kaikkea luotua kunnioittava mies halunnut jättää jälkeensä mitään törkyä, siellä missä hän matkasikin. Hän kävi tarpeillaan metsässä, kuten eläimetkin, eikä hänen reitilleen jäänyt koskaan mitään silmää haittaavaa.

Ja milloin tuo elämäänsä tyytyväinen mies ei halunnut matkata kävellen maastossa, hän saattoi lainata veneen tai lautan, ja kulkea jokia ja järviä pitkin. Eikä hän tarvinnut orjia soutajiksi. Jos hän matkasi pidemmälle, he soutivat yhdessä ystävien kanssa. Eikä heillä kellään ollut kiire, eikä matkalla ollut koskaan pitkästyttävää silloinkaan, vaikka matkanteko venyi. Ystävien kanssa saattoi jutella tai lauleskella, tai vain ihailla maisemia; piirtää sielunsa silmillä muiston noista näkymistä ja muistaa samalla tuon onnen tunteen, joka heräsi yhdessä jaetusta kokemuksesta. Eikä Janos koskaan lähtenyt matkalle kiireisenä aikana, kuten elonkorjuun aikaan, tai kylvöaikaan. Ei hän noina aikoina edes kaivannut vaihtelua arkeensa; hän keskittyi siihen, mitä teki, ja iloitsi saatuaan askareensa tehdyksi.

Jokaiselta matkaltaan tuo onnellinen mies toi pienenpienen muiston. Se saattoi olla vierailun kohteena olleen ystävän valmistama, pieni esine; ehkä sulkakynä, veitsi tai jokin tarpeellinen pikkuesine, jonka valmistaja halusi osoittaa ystävälleen rakkautta. Joskus Janos poimi maasta pienen kiven, joka oli hänestä erityisen kaunis, ja jota pidellessään hän saattoi palauttaa mieleen tuon matkan kokemuksen. Usein hän kuljetti matkallaan koiraansa, joka toimi myös vartijana, ja joskus hän matkusti hevosensa kanssa, joka oli hänelle myös apulainen monenlaisissa arjen töissä. Joillakin matkoillaan Janos näki erikoisia villieläimiä, ja tuolloin hän täyttyi ihmetyksestä kaikkea luotua kohtaan. Ne olivat ikimuistoisia hetkiä. Hän iloitsi ajatuksesta, että kaikki nuo ihmeelliset, villit olennot saisivat elää vapaina omaa elämäänsä.

Hän ihasteli myös näkemiään erikoisia kasveja, ja siunasi niitten elämää siellä, missä ne parhaiten kasvoivat. Toisinaan hän näki matkoillaan ihmisiä, jotka olivat köyhempiä kuin hän itse, ja antoi heille ehkä almun, tai hieman ruokaa, jos vain pystyi. Mutta yleensä ihmiset elivät aivan samoin kuin hän itsekin; niinhän valtakunnissa oli tapana elää. Harva oli häntä rikkaampi tai köyhempi. Eikä hän tarvinnut orjia avuksi elämäänsä; hänhän teki itse ne työt, joita pihassa tai tuvassa tarvitsi tehdä, ja jos hän ei mihin pystynyt itse, ystävät kävivät auttamassa häntä. Hän kauhistui, jos kuuli jonkun myyneen poikansa tai tyttärensä orjaksi jonnekin kaukaiseen valtakuntaan, jollekin vauraalle ihmiselle, jolla oli paljon väkeä ylläpidettävänään. Kukaan ei koskaan kaupitellut hänelle orjia. Näkihän hänestä monen askelen päähän, ettei hän tarvinnut sellaisia, eikä hänellä toisaalta olisi varaakaan elättää orjia kattonsa alla.

Yhden matkansa päätteeksi, koti-ikävän jo siivittäessä hänen askeleitaan, hän kävi naapurimökissä pyytämässä vaimokseen tuota neitoa, jota hän oli hiljaa ihastellut jo pidemmän aikaa, ja jolle hän oli lahjoittanut tekemänsä huivin. Neito suostui ilolla ja rakkaudella tulemaan hänen pieneen tupaansa, ja toi mukanaan omat vaatteensa, käsityötarvikkeensa, työvälineensä ja astiansa.

Tuolla miehellä oli kaikkea, mitä hän ymmärsi ja saattoi toivoa. Hänellä oli katto pään päällä, vaatteita ylleen, ja ruokaa, niin paljon kuin hän tarvitsi. Hänellä oli seuraa, kun hän sellaista kaipasi. Hänellä oli tietoa, mitä hän arjessaan tarvitsi, ja huvituksia, kun hän sellaisia kaipasi. Hänestä tuntui, että hänen elämänsä oli ihmeellistä ja merkityksellistä. Hän saattoi aina syventyä pohtimaan elämän ihmeellisyyksiä, katsella kauniita asioita ympärillään, ja jakaa pohdintansa ihmisten kanssa, joista hän välitti. Hän saattoi nauttia musiikista ja silmien iloista, ja vaikka hän oleskeli kotonaankin, hänen mielensä saattoi vaeltaa paikoissa, joissa hän oli käynyt, ja miettiä paikkoja, joissa ei ollut vielä käynyt. Eivätkä ystävät koskaan väistyneet hänen viereltään; olihan hänen kanssaan hyvä elää.

Janos toden totta oli onnellinen mies, ja toivoi, että kaikki hänen ystävänsäkin voisivat elää yhtä onnellisesti.

UKKO, MÖKKI JA KISSA

Olipa kerran ukko, joka asui mökissä, jossa oli vahvat ikkunaluukut ja kaksinkertaisesta tammilaudasta tehty ovi, jossa oli metallisalpa ja vieläpä lukkokin oven sisäpuolella. Mökin ulkopuolella oli kivistä kasattu ja terävillä paaluilla katettu suojamuuri, jossa oli kaksinkertainen portti, jossa oli siinäkin sekä salpa että lukko.

Ukko piti mökkinsä ikkunaluukut koko ajan kiinni ja mökin oven sekä säpissä että lukossa. Lähikylässä asuvat tiesivät jo, ettei ukko ketään kaivannut kylään, eikä tervehtinyt ohikulkijoita, saati sitten pyytänyt näitä luokseen viivähtämään. Yksinäiseksi ukkoa sanottiin, muttei hän mitään seuraa kaivannut, päinvastoin. Joka viikko ukko kävi kylällä ostamassa sen, mitä tarvitsi, ja sulkeutui sitten taas kotiinsa viikoksi. Ukon poissa ollessa olivat mökki ja muuri tietysti moninkertaisesti teljetty, eikä kukaan ollut päässyt sisälle katsomaan, mitä ukko siellä kotonaan piilotteli.

Jos joku muukalainen sattui ukon tapaamaan torilla ja hänelle jotakin lausahti, ukko vain kirosi ja tokaisi: "Turpas sulje, kun en kuulla halua, eikä kukaan koskaan mitään järkevää sano kuitenkaan!"

Ja jos puhuja ukolle suuttui, tämä nosti eteensä niin ikävän näköisen, ryhmyisen kepin, ettei muukalainen rohjennut enää sanoa mitään. Ukko vain sähisi, murisi ja sylki, ja meni kotiinsa. Joskus joku juopunut öykkäri häntä seurasi pahoin aikein ja sai niin pahan sivalluksen ukon kepistä, ettei toista kertaa onneaan kokeillut.

Kului vuosia, ja ukko eli edelleen itsekseen mökissään. Hän kävi kerran viikossa ostamassa, mitä tarvitsi, ja jupisi samat sanat kuin ennenkin, ja piiloutui taas mökkiinsä viikoksi. Mutta sattuipa yhden kerran että ukon jalkaan tarrasi kiinni pikkuruinen kissanpentu, joka oli tipahtanut säkinsuulta, kun joku julmettu kyläläinen oli sitä viemässä joutavana hukutetuksi. Eikä ukonkanttura tuota pientä kissanpoikaa edes huomannut. Puolisokea kissanrääpäle kulkeutui hänen lahkeessaan aina mökkiin saakka. Siellä se lopulta tipahti lattialle takan eteen ja päästi säikähtäneen miukaisun.

Ukkopa säikähti niin että tarrasi keppiinsä ja oli jo hujauttaa sillä kissaparkaa. Sitten hän katsahti tarkemmin, tunnisti pikkuolennon kissanpenikaksi, ja alkoi kirota ja voivotella.

"Ei, ei, ei minun mökkiini mitään tuollaisia pidä tulla! En minä tuommoista eläjää tänne ota, enkä tarvitse, enkä ruoki enkä hoida, vaan viskaan muurin yli, ryökäle!"

Kissa sanoi "miu" ja yritti ryömiä lämpimämpään kohtaan, eli ukon tohveliin, jonka ukko oli jättänyt hiilloksen ääreen mukavasti lämpiämään. Ukko sitä tarkasteli ja mutisi itsekseen:

"En minä tuommoisia tänne tarvitse, enkä kyllä ruoki enkä hoivaa, enkä ainakaan sen paremmin kuin sen emo, hiivatti!"

Ukko kyykistyi ja tuuppi kissanpenikan tohvelista sisään, ja alkoi sitten lämmitellä ostamaansa vuohenmaitoa. Ukko syötti sormensa päästä kissanpojalle maitoa, pyyhki rätillä sen jätökset, ja antoi sen nukkua tohvelissaan. Seuraavat päivän hän kulki yhden tohvelin kanssa, kunnes kissa oli niin iso, että siirtyi nukkumaan hänen myssyynsä. Kun ukko kävi torilla, kissa nukkui uunin päällä. Kun ukko tuli kotiin, se nousi ukon olalle ja pudottautui siitä ukon syliin, ja kehräsi siinä, kun ukko sitä silitteli mutisten.

"Ei sinusta ole mitään hyötyä, ei, ei, ei kerrassaan mitään hyötyä! En minä tuommoista eläjää tänne tarvinnut, enkä ota kyllä enää toistakaan, enkä kyllä syötä pitempään, enkä välitä ollenkaan…"

Tulipa päivä, kun joku ohikulkija huuteli ukon kotipihan muurin ulkopuolella, ja ukko kiiruhti pihalle huutamaan vastaan:

"En minä mitään osta, enkä anna, enkä halua, ja jos et kohta siitä häivy huutamasta, niin ammun sinuun nuolen ja kiviä päälle!"

"Minä vain toisin sinulle jotain", tulija huuteli.

"En minä mitään tarvitse!" ukko ärisi, ja kulkija lähti olkiaan kohautellen. Toisena iltana tuli yösijaa vailla oleva kulkija koputtelemaan portille, ja ukko huusi hänelle samat sanat. Väsynyt kulkija jäi kuitenkin portin viereen ja nukahti väsymykseensä. Aamulla hän oli siinä kylmissään ja vailla tajua. Ukko hänet siitä löysi, kun oli lähdössä torille. Hän mutisi: "En minä tämmöistä rasitetta tarvitse, enkä halua, enkä ehdi, eikä ole minun hommani!"

Ja ukko raahasi kulkijan sisälle taloonsa, peitteli tämän vuoteeseensa ja lähti torille omille asioilleen. Kun ukko palasi, hänen kotonaan oli puhdasta ja siistiä. Kulkija touhusi lieden ääressä hänen kissalleen jutellen, ja laitteli ukolle keittoa.

"Ei täällä pidä mitään minun hommiani tehdä! Minä en mitään tarvitse, eikä täällä tarvitse olla siistiä, enkä tykkää siitä, että joku minun liedelläni mitään keittelee, enkä halua tuommoista ruokaakaan!"

Kulkija söi itse, jätti ruokaa pataan, kiitteli yösijasta ja lähti jatkamaan matkaansa. Ukko istahti tuolilleen, ja kissa hyppäsi hänen syliinsä ja alkoi kehrätä.

"En minä mitään tuommoisia vieraita kaipaa", hän mutisi. "Enkä kyllä päästä enää sisälle, vaan jätän portin pieleen..."

Kului viikkoja, ja ukko sairastui. Hän makasi vuoteenomana päiväkausia, eikä päässyt torille. Torimyyjät ihmettelivät, kun ei ukkoa näkynyt, ja mutisivat, että jouti jo kuollakin, mokoma ilkeä hapannaama, eikä hänen kolikkojaankaan enää torilla kaivattaisi. Aina oli toisten hyvän mielen pilannut, se vänkyttäjä! Siellä maatkoon ukko ja mädätköön, mokoma!

Kissa makasi ukon vierellä ja kuunteli ukon hiljaiseksi käyvää hengitystä. Kissa kuuli, kun portilla joku koputteli ja huhuili. Se nousi ja tassutteli ovelle. Kun se ei osannut avata lukkoa eikä salpaa, eihän se ulos päässyt. Mutta nokkela kissa kun oli, eikä takassa ollut ollut tulta päiväkausiin, se kipusi savupiipusta ulos. Katolta se loikki muurille, ja portinkin päälle se pääsi hyppäämään satuttamatta itseään teräviin paaluihin. Sieltä se näki kulkijan, joka oli pysähtynyt portille.

"Onko isäntäsi sairas?" se sama kulkija kysyi, joka oli saanut hetken levätä ukon mökissä. Kissa vain naukui, koska eihän se mitään puhetta saanut aikaan. Mutta kulkija ymmärsi, että ukko olisi hänet jo ajanut matkoihinsa, jos olisi ollut kunnossa, joten hän arveli mökin isännän olevan kuollut tai sairaana. Kaksinkertainen portti oli salvattu ja lukittu sisältä päin, eikä muurin yli noin vain kiivettykään, kun siinä oli niitä teräväksi veistettyjä paaluja.

Kulkija otti tuluksensa ja sytytti oksia tuleen. Niillä hän sytytti palamaan muuriin tökätyn paalun, ja odotti, kunnes viereisiin paaluihin paloi miehenmentävä aukko. Sitten hän sammutti tulen ja kipusi nokisesta aukosta muurin sisäpuolelle. Hän pääsi pian tuvan oven taakse, mutta ovikin oli tietysti teljetty, ja ikkunaluukut myös. Eikä kulkija niitä sentään rohjennut polttaa, ettei koko mökki palaisi ukko mukanaan. Kissa miukui ja maukui hänelle katon reunalta, ja siitäpä kulkija älysi kiivetä katolle hänkin. Ja kaitaluinen kun oli, hän pääsi sieltä piipun kautta pudottautumaan tulipesään asti.

Nokisena ja naarmuissaan kulkija kohottautui tulipesästä ylös, katseli hämärään tupaan, ja asteli sitten ukon vuoteen viereen. Sairashan ukko oli, mutta tuo kulkija oli niitä vaeltajia, joilla on yhtä jos toista parantavaa mukanaan, ja niinpä hän alkoi ukkoa hoitaa, ja ruokki myös kissan ja hoiteli hommia, joita ukolta oli sairastaessaan jäänyt hoitamatta. Mutta tuvan ovesta kulkija ei päässyt ulos, koska ukko piti ovea lukossa sisältäkin päin, ja avain oli salaisessa paikassa.

”Minä voisin käydä torilta ostamassa lisää ruokaa! Missä on tuvan avain, sinä pieni ystävä?” kulkija kysyi kissalta, joka makasi ukon pieluksella ja kehräsi. Kissa sanoi ”miu”, ja käänsi kylkeään. Kulkija kumartui ukon puoleen ja taputteli tämän poskea.

”Kuule, jos kerrot, missä on avain, niin pääsen ostamaan meille torilta ruokaa ja sinulle lääkettä!”

”En minä mitään tarvitse, enkä kerro, enkä sano, ja sinä saat mennä sinne mistä tulitkin, jos pois haluat!” ukko mutisi.

”Enpä pääse pois, kun en pääse ylöspäin savupiipusta”, kulkija naurahti. ”Pitääkö minun rikkoa ikkunaluukut, että saamme ruokaa?”

”Minä en mitään tarvitse, enkä välitä”, ukko jurotti. ”Ei minulla ole mitään halua mihinkään, eikä millään ole mitään väliäkään…”

”No, kissasi kyllä pääsee piipusta ulos ja voi mennä kylään kerjäämään ruokaa, mutta minä en haluaisi tänne kuolla, vaikket sinä mistään välitäkään”, kulkija totesi ja meni ottamaan lieden vierestä kirveen. ”Rikonko ikkunaluukun vai oven?”

Siinä vaiheessa ukko karjaisi: ”Se on selkäni alla, se avain!”

Kulkija alkoi etsiä avainta ukon alta, kun ukko sen verran vuoteeltaan pääsi kohottautumaan. Mutta eipä mitään avainta sieltä ukon alta saatu; se olikin painunut kiinni ukon selkärankaan siinä hänen maatessaan, eikä sitä olisi saanut irti kuin leikkaamalla, ja silloin olisivat ukon elinpäivät olleet ohi.

”No miten nyt pääsee kukaan täältä ruokaa hakemaan, jos ei minua lyö hengiltä, tai koko taloa tuhoa?” ukko huusi vimmoissaan ja tohkeissaan, ja parahti sitten katkeraan itkuun. Kulkija istahti sängynlaidalle ja osoitti kissaa.

”Katsohan, mitä tuo sinun pieni ystäväsi tekee nyt”, hän sanoi rauhallisesti. ”Se tietää, ettet sinä tai minä pääse ulos, mutta siinä se vain kehrää ja lepää! Se itse pääsisi ulos, muttei lähde, koska se rakastaa sinua!"

Ukko hymähti, nousi vaivalloisesti sairasvuoteeltaan ja rahjusti ovelle. Ja kun hän koetteli lukkoa, se olikin auki, niin kuin ei olisi ikinä kiinni ollutkaan. Ukko tyrkkäsi oven auki ja sanoi kulkijalle:

"Ihan sama minulle, mitä teet, enkä minä mitään tarvitse, mutta siinä on nyt ovi auki, joten mene matkoihisi, jos haluat! Minkäpä minä sille voin, mitä meinaat! Menkööt kissakin, kun en minä sitäkään tarvitse!"

Kissa hyppäsi ukon olalle ja sanoi "miu". Kulkija astui ulos tuvan ovesta, käveli pihan poikki ja ylitti muurin siihen polttamastaan aukosta. Hän meni torille ja osti viikoksi ruokaa. Ihmiset kyselivät, oliko ukko kuollut, ja kulkija sanoi, että elossahan tuo oli. Torimyyjä totesi, että olisi jo joutanut kuolla, ja että kulkija oli hullu, jos siihen mökkiin oli menossa takaisin.

Kulkija toivotti hyvää viikkoa ja käveli takaisin ukon tuvalle. Hän kipusi taas muurin yli ja asteli pihan poikki ovelle, eikä tuvan ovi ollut enää lukossa. Ukko istui tuvassaan ja silitteli kissaansa, ja kulkija alkoi laitella heille evästä.

"Enkä sitten syö mitä tahansa, eikä tarvitse jäädä tänne pidemmäksi aikaa, mutta tuossa nurkassa on talja, jos on pakko täällä viipyä!" hän murahti kulkijalle. Ukon kaulassa roikkui nyt kimmeltävä avain, joka sopi kaikkiin maailman lukkoihin.

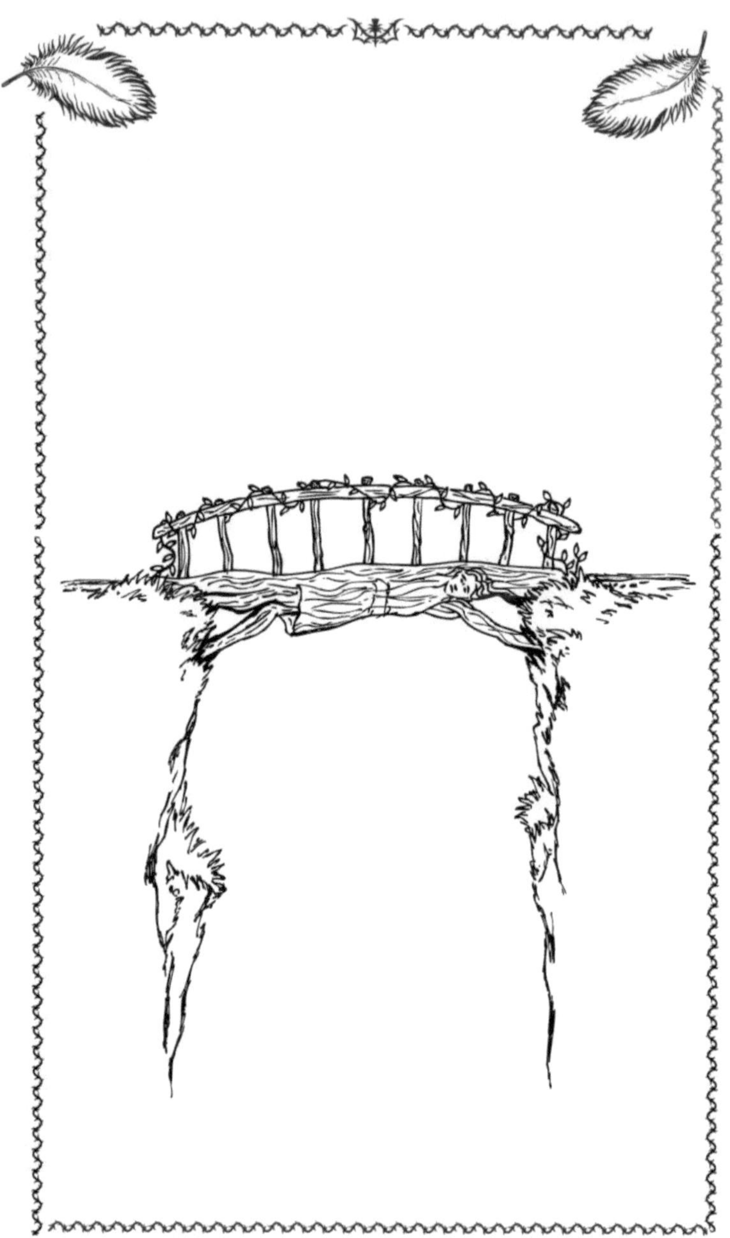

SILTA

Olipa kerran Vaeltaja, joka oli kulkenut jo hyvän aikaa taivalluksellaan maan päällä. Hän oli kiertänyt ja vaeltanut monessa paikassa, tavannut erilaisia ihmisiä ja nähnyt ihmisten tapoja ja tekoja erilaisissa valtakunnissa. Nyt hän oli taas kulkemassa yhtäältä uudenlaiseen paikkaan. Mutta nytpä hän näki, että hänen edessään olikin syvä ja leveä kuilu. Se kuilu erotti maailmat toisistaan ja niitten ihmiset toisistaan.

Vaeltaja näki, että nuo maailmat olisivat yhdistettävissä, jos vain kuilun ylitse kulkisi silta. Silloin eri puolilla elävät ihmiset saisivat tuntea toisensa, vaihtaa ajatuksia ja kaikenlaisia tarvikkeita, ja tehdä yhteistyötä toistensa kanssa. Vaeltaja halusi rakentaa sillan kuilun yli, jotta pääsisi ensin itse ylitse, ja sitten toisetkin ihmiset voisivat kulkea vapaasti puolelta toiselle. Mutta Vaeltajalla ei ollut mitään, mistä rakentaa. Niinpä hän päätti tehdä sillan itsestään. Hän yritti kasvaa riittävän pitkäksi ulottuakseen kuilun laidalta toiselle, ja myös vahvistua, jotta silta kantaisi toisetkin kulkijat. Vaeltaja siis odotti, että kasvaisi itse, ja yritti itsekin kasvattaa itseään, miten vain osasi. Hän vahvisti itseään sillä, mitä sai taivaasta, valona ja vetenä, ja sillä, mitä sai maasta. Aikaa kului, ja Kaikkeuden Luoja, joka antaa kaiken kasvun, näki myös Vaeltajan aikeet ja siunasi niitä, koska ne olivat saaneet alkunsa rakkauden siemenestä, jonka Hän oli itse istuttanut Vaeltajan sydämeen.

Kun Vaeltaja oli kyllin pitkä ja vahva, hän kaatui kuilun laidalta toiselle. Hänen varrestaan kasvoi tasainen alusta, jolla kulkea, ja puiset kaiteet, jotka turvaisivat kulkijoitten askeleita.

Kun Vaeltajasta tuli silta, hän ei itse enää koskaan mennyt kummallekaan puolelle, mutta hänellä oli yhä kosketus kumpaankin laitaan. Kuilun eri puolilla elävät ihmiset näkivät, että kuilun yli oli syntynyt silta, ja rohkeimmat koettelivat kulkea siltaa pitkin. Ja koska silta kulki todella syvän kuilun yllä, sillan ylittäjällä tuli olla rohkeuden lisäksi voimakas tahto kulkea toiselle puolen. Jotkut halusivat tutustua toisiinsa löytääkseen elämänkumppanin tai solmiakseen kauppasuhteet. Jotkut taas halusivat lähteä tutkimaan uusia alueita silkkaa uteliaisuuttaan.

Silta mahdollisti monenlaisen yhteistyön, mutta se saattoi toimia myös väylänä valloitusretkille. Moni yrittikin kulkea kuilun yli itsekkäin ja katalin aikein. Sillan oli tunnistettava rauhantahtoiset kulkijat ja erotettava heidät niistä, joilla oli mielessään vain oma hyöty ja toisten vahinko. Koska silta oli alun perin tarkoittanut hyvää muille eläville, Kaikkeuden Luoja antoi sille kyvyn muuntautua. Sillasta tuli nyt olento, joka näyttäytyi aika ajoin vihaisena peikkona, ajoittain viisaana kulkijana, ajoittain ihmeellisenä, säteilevänä olentona, joka kysyi kuilun laidalla:

"Haluatko mennä yli? Oletko hyvissä vai pahoissa aikeissa?"

Ja jos kulkija vakuutti hyviä aikeitaan ja silta näki hänen sydämensä vilpittömyyden, ilmaantui kulkijan eteen tukeva ja vakaa silta kuilun ylitse. Siltaa pitkin hänet saatteli säteilevä olento, niin että kulkija oli entisestäänkin rohkaistunut ja täynnä hyvää tahtoa päästyään kuilun toiselle puolen.

Mutta jos kuilun ylitse pyrkivä valehteli tai salasi itsekkäät aikeensa, eipä siltaa ilmaantunutkaan, vaan tuli vain hurja peikko, joka ajoi kulkijan matkoihinsa. Ja jos kulkija oli oikein katala ja kiero, saattoipa silta joskus päästää hänet astelemaan rehvakkaasti keskelle kuilua ja muuttuakin sitten pelkäksi valo-olennoksi. Mutta ei hätää; eipä moinenkaan kiero kulkija ihan kuiluun pudonnut, kun peikko häntä jo tarrasi tukasta ja viskasi takaisin kotikonnuilleen. Ja siitäpä kärsi mokoma sellaisen säikähdyksen, ettei enää toista kertaa sillalle astunutkaan, ainakaan katalin aikein!

ILKEÄ PIKKUOLENTO

Olipa kerran pikkuruinen olento, joka huomasi joutuneensa itseään isompien joukkoon. Ja koska ne isommat olivat sitä vahvempia ja niillä oli pidemmät jalatkin, ne ennättivät joka paikkaan ennen sitä. Ne saivat aina parhaat ruokapalat ja parhaat lepopaikat, ja koska ne olivat niin vahvoja, pikkuolento alkoi pelätä niitä. Ja kun joku isompi jonakin päivänä sattui ilkeästi huomauttamaan sille sen pikkuruisuudesta, se pahoitti mielensä. Ja sitten joku toinen toisena päivänä tallasi sen päälle, kun se oli niin huomaamaton. Ja siksi tuo pikkuruinen olento turhaantui, vihastui ja tuli katkeraksi.

Pikkuruisesta olennosta tuli niin pelokas, vihainen ja katkera, ettei se enää kestänyt purkamatta vihaansa muihin. Se alkoi huutaa ja nälviä noita isompiaan. Se kiukkusi ja raivosi, haukkui ja sätti noita muita kaikesta, mitä ne tekivät sen mielestä huonosti. Ja lopulta se alkoi kakkia ja pissiä noitten toisten pesiin, jyrsiä niitä rikki ja hohottaa ilkeästi temppujensa perään. Se näet ajatteli, että oli ihan oikein aiheuttaa noille toisille vahinkoa siksi, koska se oli niin pieni ja toiset niin suuria, että sillä pelotti. Kun se sai haukkua noita toisia ja tehdä näille kaikenlaisia ilkeyksiä, se tunsi itsensä kovin vaikutusvaltaiseksi. Se oikeastaan tunsi kasvavansa valtavaksi, ja siksi siitä tuntui, että se onkin oikeastaan kaikista isoin ja mahtavin. Toiset alkoivat pelätä sitä, kun se oli niin inhottava, ilkeä ja pelottava. Ja jos eivät nuo toiset pelänneet sitä vielä aivan tarpeeksi, sepä kävi aina silloin tällöin arvaamatta näitten kimppuun, ja puri ja kynsi niitä ihan kunnolla.

Ilkeän ja katkeran pelottavuutensa huumassa tuo pikkuruinen olento tunsi itsensä mahtavaksi ja vaikutusvaltaiseksi. Sehän sai nyt mennä ensimmäisenä parhaimpaan lepopaikkaan ja syödä itsensä kylläiseksi, kun isommatkin sitä karttelivat. Tosin, kukaan ei pitänyt siitä, koska se oli ilkeä, pelottava ja äkäinen. Niinpä tuo pikkuruinen olento sai pian huomata jääneensä aivan yksin. Se raivosi ja valitti ja kiukkusi kyllä edelleen, mutta eipä ollutkaan enää ketään, jota puraista silloin tällöin, tai jolle nälviä kaikesta mahdollisesta huomautuksen arvoisesta. Ja silloin olento tuli vielä katkerammaksi, ja alkoikin raivota myös itselleen. Eihän se ollut tarkoittanut, että se pitää jättää aivan yksin! Miksi nuo typerykset hylkäsivät sen? Sehän olisi vain halunnut saada samaa mitä muutkin saivat. Toiset olivat unohtaneet sen, kun se oli niin pieni ja huomaamaton...

Olento vuoroin sätti toisia, vuoroin itseään. Ja sitten se alkoi sättiä Kaikkeuden Luojaa, joka oli tehnyt siitä niin pienen, ettei sitä kukaan ollut huomannut, ja muut olivat aina saaneet kaikkea ensin ja helpommin, ja pelottaneet sitä isoudellaan. Olento kiukkusi Luojalleen, raivosi ja sähisi ja sylki, muttei sentään saanut Luojaansa kynsityksi ja purruksi, vaikka sitäkin se olisi tahtonut tehdä.

Äkkiä se tunsi jotakin kietoutuvan ympärilleen; lujasti, vakaasti, pehmeästi, yhtä aikaa ankarasti mutta lempeästi, eikä se voinut hetkeen liikkua.

”Miksi minä olen tällainen?” olento pihisi tuntien Luojansa puristuksen ympärillään.

”Miksikö sinä olet pienempi kuin muut? Ehkäpä siksi, ettet saisi samaa kuin muut, ja sinusta tulisi ilkeä ja saisit karkotetuksi kaikki ympäriltäsi... Vai siksikö, ettei vain kukaan rakastaisi sinua?”

”Typeriä oletuksia!” olento kiukkusi. ”Ja miksi sinä puristat minua, senkin isottelija?”

”Pidän sinua kasassa, koska muuten sinä poksahtaisit kiukkuusi, enkä minä toivo, että tuhoudut”, Kaikkeuden Luoja vastasi. ”Jos näet vieläkin kasvatat kiukkuasi, se kasvattaa sinut niin valtavaksi, että poksahdat! Jos taas kasvatat sydäntäsi, pysyt kooltasi ennallaan, mutta kasvatat rakkautta. Olet pieni siksi, koska minä luon kaikenlaisia erilaisia olentoja, ja valitsin sinut olemaan pienempi otus. Ja haluan, että ymmärrät, ettei rakkauden määrä riipu siitä, miten isoksi tai pieneksi tunnet itsesi verrattuna muihin!”

”En ymmärrä järjettömiä hömpötyksiäsi, eikä kukaan ole antanut rakkautta minulle!” olento huusi vimmoissaan. ”Miksi minä rakastaisin muita, kun en itsekään ole saanut rakkautta?”

”Olisitko sinä olemassa, ellen minä olisi sinua jo luodessani rakastanut?” Kaikkeuden Luoja kysyi hiljaa. ”Loisinko minä jonkun olennon siksi, että se katkeroituisi ja paisuisi olevinaan mahtavaksi ja tekisi pahaa toisille? Minähän loin sinut siksi, että saisin rakastaa sinua. Sinä et välittänyt rakkaudestani, vaan halusit olla samanlainen kuin muut, jotta saisit samaa kuin nekin saavat. Ja nyt sinä saat valita! Haluatko yhä torjua minun rakkauteni ja olla kiukkuinen ja katkera, vai haluatko olla pieni olento, jota minä rakastan? Minä rakastan sinua kyllä, oletpa ilkeä tai et, mutta rakastan myös noita muita, isoja ja pieniä, jotka olen luonut! Ja minuun sattuu, kun olet niitä kohtaan niin ilkeä."

Ja silloin pikkuruisen olennon kiukku alkoi pihistä ja suhista ulos sen ilkeän ja katkeran kuoren sisältä, ja se itkeä tuhersi ja vuodatti kovasti kyyneleitä. Ja se pieneni ja pieneni aina ennalleen saakka, eikä Kaikkeuden Luojan ote sen ympäriltä hävinnyt, vaan hölleni mukavaksi, turvalliseksi ja lämpimäksi. Se tunsi olevansa pikkuruinen, mutta sillä oli lämmin ja turvallinen olo. Se lähti kulkemaan, ja vaikka se näki kauempana noita toisia, isoja olentoja, ei sillä enää pelottanut, koska se tunsi Kaikkeuden Luojan suojaavan voiman ympärillään. Ja koska sen ei enää tarvinnut peloissaan tarkkailla noita isompia, se saattoi katsella muuallekin. Niinpä se sattui huomaamaan kasvien seassa toisia pienempiä olentoja. Ne olivat aran ja pelokkaan näköisiä, ja olennosta tuntui, että ne saattaisivat pian kiukustua ja käydä katkeriksi, ellei joku rauhoittelisi niitä. Se kiirehti noitten toisten pikkuruisten luo.

"Kuulkaa, minäkin olen pieni, mutta ei hätää! Minusta tuntuu, että minulle kasvaa suuri sydän, ja sinne mahtuu rakkautta, ja sinne mahtuvat myös nuo isot otukset! Tulkaa minun kanssani, niin minä pyydän, että ne päästäisivät meidätkin syömään ja lepäämään."

Pikkuruinen olento meni isompien luo ja sanoi näille, että kaikki pienetkin tarvitsevat syötävää ja rauhallisen lepopaikan. Sen ääni oli nyt rauhallinen ja lempeä, ja isot olennot havahtuivat ja antoivat pienemmilleen tilaa. Eivät nekään näet olleet mitään perin pohjin ilkeitä olentoja, vaikka olivatkin isompia. Ne eivät vain aina huomanneet pienempiään, kun kinastelivat toistensa kanssa. Ja joillakin niistä oli myös erityisen suuri sydän, vaikka niillä oli myös iso olemus.

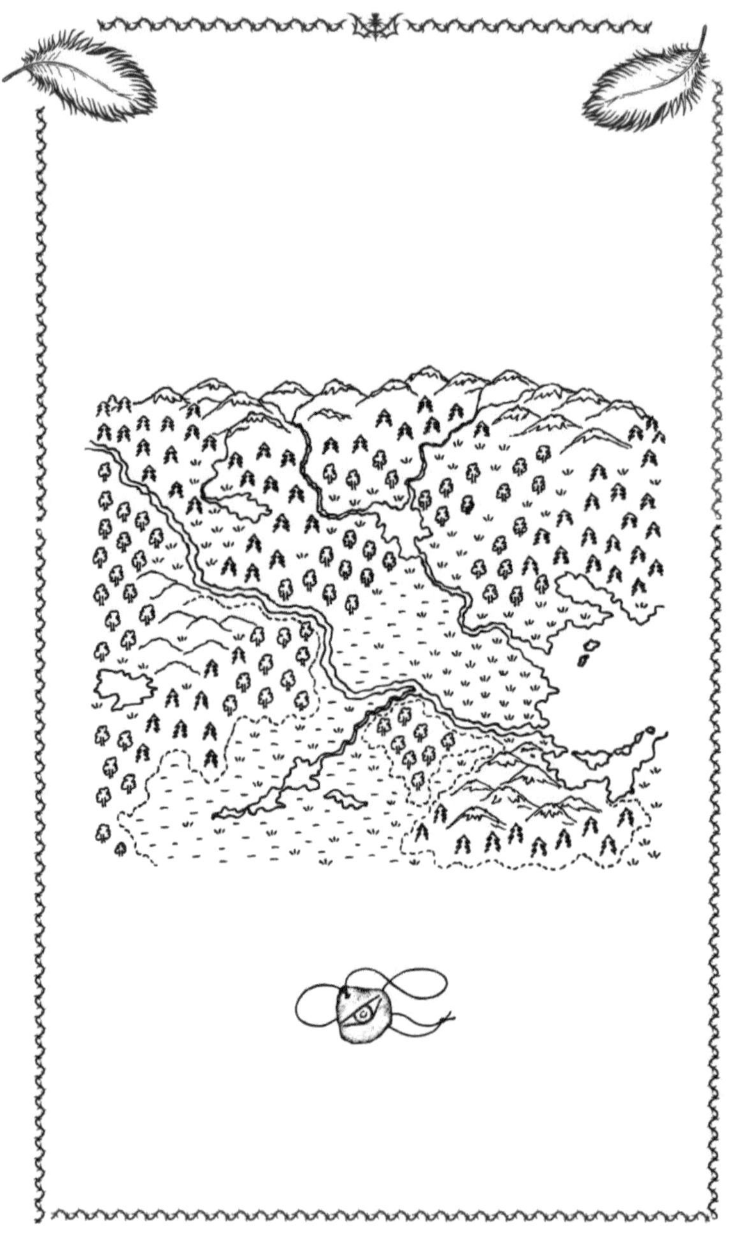

KARTANPIIRTÄJÄN
MATKAOHJEITA

Vaeltajat ovat väkeä, jolla on tapana kulkea erillään muista ihmisistä tai elellä joissakin syrjäisemmissä paikoissa, hieman eri tavoin kuin muut ihmiset. Muita ihmisiä tavatessaan Vaeltavat kyllä puhuvat, jos heitä kuunnellaan. Koska Vaeltajat kulkevat paljon, he tutustuvat uusiin paikkoihin ja reitteihin. Siksi he usein piirtävät myös karttoja. Ja vaikka Vaeltaja pysyisi paikoillaan, hänen mielensä vaeltaa niin tutkimattomilla teillä kuin tutuillakin poluilla, ja hän tekee siitäkin vaelluksesta karttaa, ettei eksyisi kerta toisensa jälkeen samoihin umpikujiin tai noidankehiin. Ja voihan kartasta olla hyötyä myös muille kulkijoille; etenkin niille, jotka ovat eksyksissä.

Minä en ole vielä päättänyt vaellustani, mutta nyt on aika katsoa taaksepäin reittiä, josta olen tähän hetkeen päätynyt. Ja samalla kun käyn läpi omaa kulkuani lähtöpisteestä tähän, missä olen nyt, voin piirtää karttaa toisille kulkijoille. Voin myös sanallisesti kertoa siitä, millaisia paikkoja ja maisemia matkaani on sisältynyt. Voin kertoa, miten olen itse selviytynyt erilaisista koettelemuksista matkan varrella, ja mitä olen vaelluksellani oppinut. En itse enää tarvitse karttaa reitistäni löytääkseni itseni tässä maailmassa; sen, missä olen, nyt. Enkä aio enää matkata reittiäni taaksepäin.

Voin laatia karttaa vain siitä maastosta, jonka jotenkuten tunnen. Osan kartasta piirrän toisten matkalaisten kuvausten pohjalta; osan taas kopioin toisten laatimista kartoista. Minunkaan karttani ei ole täydellisen paikkansapitävä, vaan pakostakin puutteellinen ja vääristynyt, ja kenties vaikeasti hahmotettava. Mutta vaikka tekisin kartan niin hyvin kuin osaan, kukin kulkija valitsee silti itse oman reittinsä. Ajoittain joku eksyy ja harhailee kartasta huolimatta, mutta toisinaan taas joku löytää itselleen sopivamman reitin, jopa oikopolun. Jotkut kulkijoista eksyvät reitiltä löytääkseen toisia harhailijoita. Niin on Kaikkeuden Luoja ehkä säätänytkin, että meidän täytyy ajoittain harhailla, jotta löydämme nuo polulta eksyneet.

Vain osittain oikeat polut ovat lopputuloksen kannalta vääriä, jos niitten kautta ei kuitenkaan pääse perille. Monet opetukset ja tarinat määränpäästä, jonka saavutettuaan kulkija voi olla onnellinen, ovat kuin välähdyksiä ja heijastuksia, jotka eivät paljasta kokonaiskuvaa. Ne voivat olla totta ja vihjata oikeasta suunnasta, mutta niissä voi olla myös paljon turhaa, hämmentävää, virheellistä ja jopa harhaanjohtavaa. Joku ehkä pystyttää kyltin johonkin paikkaan, jossa luulee olevansa, mutta älä erehdy pitämään kyltissä lukevaa nimeä merkkinä siitä, että todella olet siinä paikassa! Joku ilkikurinenhan on voinut irrottaa kyltin, kuljettaa sitä pitkänkin matkaa mukanaan, ja pystyttää sen johonkin toiseen paikkaan. Kyltin mukaan saatat luulla olevasi perillä, mutta todellisuus ympärilläsi kertoo, että kyltti on virheellinen; sinun on siis jatkettava matkaasi ja etsittävä todellinen määränpääsi.

Älä valitse karttaasi sen mukaan, miten hienolta se näyttää. Hieno kartta on tehty jonkun varakkaan saleissa, ja kartantekijälle on maksettu vaivoistaan. Hänellä on saattanut olla kiire saada työnsä tehdyksi, ja siksi kartasta on ehkä unohtunut tai tahallaan jätetty pois yhtä jos toista. Palkkaa saava kartantekijä on ehkä hairahtunut tekemään kartasta oman mielensä mukaisen, tai pyrkinyt tekemään siitä niin hienon, että saisi lisää palkkatyötä kartantekijänä. Nuhjuinen ja ryppyinen kartta on usein tehty matkan varrella; siellä, missä tekijä on itsekin parhaillaan. Kumpi kartoista lienee kauempana siitä, mitä on totta, ja kumpi taas aidompi ja luotettavampi?

Matkasi varrelta saatat löytää yhtä jos toista, mikä vaikuttaa syötävältä. Myrkyllisyys ei aina näy päällepäin, joten katso, onko tuon syötäväksi luulemasi lähettyvillä kuoleman merkkejä, kuten muitten kulkijoitten tai eläinystävien luita. Katsele myös merkkejä pilaantumisesta tai liasta. Ja ennen kaikkea, haistele tarkoin ennen kuin pistät mitään suuhusi, tai ainakaan nielet mahaasi! Kun maistelet, tee sekin varoen. Tunnustele, miltä syötävä tuntuu suussasi. Jos se karvastelee tai tuntuu vastenmielisen limaiselta, sylje se pois ja huuhtele suusi raikkaalla vedellä. Jos olet niellyt tuota syötävää, kuulostele herkistellen, tuottaako se hyvän olon vatsassasi, vai polttelee tai kouristelee.

Joku syötävä saattaa maistua hyvältä, mutta saa sinut voimaan pahoin jälkeenpäin. Joku taas pistää pääsi sekaisin, niin että eksyt polultasi, tai vie sinulta yöunet ja saa sinut uupumaan kesken matkasi. Joku syötävä antaa kylläisen olon, muttei anna voimaa taivaltaa pidempään. Jokin taas saattaa maistua kuivalta ja tympeältä, mutta antaa voimia koko päiväksi. Tarkastele ja koettele siis kaikkea uudenlaista syötävää, äläkä hotki sellaistakaan, mikä päältäpäin näyttää herkulliselta, vaikka olisit miten nälissäsi.

Matkan varrella törmää usein monenlaisiin muihin eläviin. Kun kunnioitat niitä, nekin kunnioittavat sinua. Joskus pienemmät kiusat ovat viheliäisempiä kuin isot, koska ne pääsevät kimppuusi huomaamattasi. Ole tarkkaavainen juuri noitten pienten kiusojen takia! Ellet pysy herkkänä, et ehkä edes huomaa jalkaasi pitkin ryömivää kiusankappaletta. Jos taas osut jalallasi tai kädelläsi ampiaisparveen, saat kerralla koko vihaisen parven kimppuusi. Kun ampiaisparvi pörisee ympärilläsi, on parempi olla huitomatta! Ne hyökkäävät sitä varmemmin, mitä enemmän huidomme yrittäessämme päästä niistä eroon. Mutta jos annat ampiaisten pörrätä ja pysyt itse rauhallisina, ne katoavat pian omille teilleen, kun toteavat sinun olevan niille vaaraton.

Jos kesken matkan huomaat kiven hiertävän kengässäsi, älä kiroa sitä! Se herättää sinut ajatuksistasi; olethan saattanut vaikkapa eksyä reitiltä, kun matkanteko on käynyt liiankin helpoksi. Arvioi tarkoin, voitko pysähtyä juuri silloin ottamaan kiven pois, vai pitääkö sinun kulkea jonkin matkaa tuskasi kanssa, että pääset turvallisempaan paikkaan. Voihan olla, että riisut jalkineesi paikassa, jossa jokin otus pääseekin pistämään jalkaasi, ja matkasi loppuu siihen. Kivi kengässä on kuljettava varoen ja askeleensa tiedostaen, ettei jalkaan synny pahaa hiertymää. Mutta askelluksen hidastamisellakin voi olla hyötynsä ja seurauksensa. Ehkäpä joku toinen kulkija tavoittaa sinut, kun teet matkaa hitaammin, ja saat hänestä ilahduttavaa matkaseuraa.

Jotkut matkaavat yksin, jotkut jonkun seuralaisen kanssa, jotkut isommalla joukolla. Tiedät itse parhaiten, mikä sinulle sopii. Joku saattaa mieluummin kulkea yksin päiväsikaan, mutta viihtyy iltaisin yhteisellä leiritulella. Jotkut kertovat mielellään omia tarinoitaan toisille matkaajille. Ole itse tarkka siitä, mitä kerrot. Kerro mieluummin liian vähän kuin liikaa. Monet kulkijat rakastavat omaa tarinaansa, mutta väsyttävät toiset kuulijat kertomalla sitä liian pitkään. He saattavat tarinoidessaan puhua vähän palturiakin, eivätkä oikeastaan huomaa sitä itsekään. Kuka tietää, onko se, joka kertoo itsestään, oikeasti tuon tarinansa päähenkilö, vai kertooko hän jostakusta muusta? Vai kertooko hän vain haaveuntaan, tai kenties tarinaa, josta edellisenä yönä uneksi? Kaksi hiljaista tulen ääressä istuvaa matkalaista saattaa tuntea toisensa paremmin kuin ne kaksi, jotka kertovat kilpaa omia tarinoitaan.

Kysy, minne kulkija on matkalla. Jos hän väittää tietävänsä sen, hän kuvittelee. Eihän meistä kukaan tarkkaan ottaen tiedä etukäteen, minne on matkalla ja minne päätyy! Tiedämme vain, mitä aiomme, eli seuraavan askelen suunnan, jos sitäkään. Voihan olla, että astumme harhaan jo siinäkin, ja että olemme loppujen lopuksi lukeneet väärin määränpäämme nimen, tai pitäneet karttaa vahingossa ylösalaisin.

Tavallaan olemme kaikki matkalla, mutta tavallaan jokainen kulkija on jo perillä siinä, missä milloinkin on, koska se on hänen siihenastisen vaelluksensa loppu. Seuraava askel on jo uusi matka. Kulkija on ehkä yrittänyt tutkia karttoja ja vaihtoehtoisia reittejä etukäteen, ja yrittänyt pohtia, miten pääsisi mistäkin minnekin helpoimmin ja nopeimmin. Kun hän ymmärtää olevansa jo perillä siellä, missä hänen kulloinkin tarvitsee olla, tulevan reitin suunnittelu menettää merkityksensä. Ethän voi kulkea askeltakaan ennakkoon; et astua eteenpäin ennen kuin on sen askelen aika.

Tärkeintä on kulkea, ja pysähtyä välillä, ja kulkea taas. Elämä on kulkemista ja pysähtymistä. Mitä useammin pysähdyt, sitä kauemmin matka kestää. Jos jäät kiertämään kehää, saatat luulla hukanneesi aikaa ja voimiasi ympyrän kiertämiseen. Älä liiaksi harmittele sitä! Silläkin on ollut tarkoituksensa. Olet ehkä tarvinnut muutaman harjoituskierroksen ennen kuin olet valmis uusille poluille. Joskus ehkä pysähdyt pitkäksi aikaa jonkun virran äärelle, ja kuvittelet, että elämä virtaa ohitsesi, kun siinä istut ja katselet elämänmenoa. Mutta ei elämä karkaa ohitsesi, vaikka sinä pysähdyt! Elämähän on siinä missä sinä olet; ei se kulje virran mukana sinulta karkuun. Voit yhtä hyvin asettua virran ääreen tai vuoren rinteelle, tai metsän siimekseen pesääsi, ja lakata kulkemasta minnekään; ei elämä sinua pakene. Se on sinussa, liikutpa itse tai et.

Kulje siis, tai pysähdy; pysähdy ja kulje, kulje ja pysähdy. Kummallekin on aikansa elämäsi poluilla, ja kumpikin on elämää.

MIES JA KÄRRYT

Olipa kerran mies, joka oli halunnut lähteä vaellukselle saadakseen olla vapaa valtakuntien käskyistä ja säädöksistä ja toisten ihmisten vaatimuksista ja siteistä. Tuo kulkija taittoi matkaansa laukku olallaan ja kärryjä työntäen. Matkan vaiheitten ja oman vointinsa mukaan hän välillä veti, välillä työnsi noita kärryjään. Koskaan hän ei esitellyt muille matkalaisille, mitä kärryissään kuljetti. Hän tuntui piilottelevan kuormaansa, koska kärryt olivat aina tiiviisti peitelty ja peitekin vielä nyöreillä kasaan kääritty. Mies nukkui yönsäkin kärryihinsä nojaten, ettei vain kukaan saisi hänen kuormaansa tutkituksi tai vieläpä hänen kärryjään varastetuksi hänen huomaamattaan. Jotkut kokeilivat kyllä sellaistakin, mutta saivat tuntea nahoissaan tuon miehen omistushaluisen suuttumuksen.

Mies taivalsi päämäärättömällä matkallaan päivästä toiseen noine kärryinensä, ja hänestä tuntui, että matka sujui aina vain kevyemmin ja kevyemmin. Eräänä päivänä hän sitten havahtui tunteeseen, että oli aivan kuin hänen kuormansa olisi menettänyt painoaan. Mies pysähtyi tutkimaan kärryjään ja näki, että kärryjen pohjaan oli syntynyt rako. Sieltä oli ehkä valunut kuorman sisältöä tielle hänen kulkiessaan, kenties jopa viikkokausia.

Hädissään ja kauhuissaan mies kääri nyörit auki kärryjen ympäriltä ja otti peitteen pois kuorman päältä. Eikä kärryissä enää mitään ollutkaan; vain hieman murusia vihjeenä siitä, mitä siellä oli ehkä alkupuolella matkaa ollut. Mies huutaa parahti, vajosi maahan, kirosi kurjuuttaan ja itki itsesäälistä. Hän havahtui itkustaan vasta kun hänen vierelleen pysähtyi ukko, jolla oli isoissa kärryissään aivan liian täysi naurislasti. Nauriita tipahteli tielle, kun kuorma niin ylen määrin pullisteli laitojensa yli.

"Sinulla kun on tuossa tyhjät kärryt, ota tästä nauriita kyytiisi! Parempihan niitä on sinun syötäväksesi antaa kuin pudotella tielle!" ukko tokaisi iloisesti. Mies nousi heti, otti laukustaan tarvikkeet ja korjasi kärrynsä pohjan. Sitten hän lastasi monta sylillistä nauriita kärryynsä ja kiitti ukkoa, joka jatkoi iloisesti matkaa hänen edellään, keventynein kuomin ja askelin.

Mies peitteli nauriskuormansa huolellisesti, ja jatkoi sitten matkaansa hänkin. Nytpä hän kulkiessaan kaivoi peitteen alta silloin tällöin jonkun nauriin syödäkseen, ja iloitsi onnekkuudestaan. Mutta jos hän näki nälkäistä väkeä tien varressa, eipä hän näille yhtään naurista pudotellut; piilotteli vain niitä kuormassaan ja söi itse, milloin mielensä teki. Eikä miehen kulku yhtään keventynyt, kun ei lastikaan paljoa vähentynyt. Ja yhtenä päivänä mies kaivoi taas nauriin peitteen alta ja puraisi, mutta se nauris oli kuin olikin homeessa ja vähän jo mätäkin. Mies kirosi ja sylki nauriinpalat suustaan. Hän repi peitteen kuormansa päältä ja näki, että koko nauriskasa oli homeinen ja puolimätä. Vimmoissaan hän kippasi kuorman tienvarteen ja putsasi kärrynsä, ettei seinämiin jäisi hometta. Hän oli kovin suuttunut ja hankasi kärryn seiniä aivan kuin olisi halunnut rangaista niitä omasta tyhmyydestään.

Hienoiksipa mies kärrynsä putsasikin, mutta eipä ollut hänellä nyt mitään kärryyn pantavaa! Hän kuitenkin veti peitteen kärryjen ylle ikään kuin kyydissä olisi muka jotain ollut. Jotenkin hänestä tuntui hävettävältä kulkea tyhjien kärryjen kanssa, kuin mikäkin köyhäläinen. Niinpä mies jatkoi matkaansa rehvakkaana; noita tyhjiä, mutta katettuja kärryjään työntäen. Mutkan jälkeen tuli näkyviin palanut tönö ja polunvarressa istui kotinsa menettänyt leskivaimo, joka pyysi ja aneli miestä ottamaan rammaksi vammautuneen lapsensa kyytiin, että he pääsisivät hänen vanhempiensa kotiin ennen kylmempiä kelejä. Mutta mies huusi pelästyneenä, ettei hänen kärryissään ole tilaa, ja kiirehti ohitse.

Kului taas matkapäivä, ja vaikka miehen kärryt olivat tyhjät, ei hänen kulkunsa ollut kovin kepeää. Hän oli näet nielaissut vähäsen nauriin mätää, ja hänen mahassaan oli kurja olo. Lopulta hän joutui pysähtymään tienvarteen potemaan mahansa kaiherrusta.

Joku kulki siitä ohi ja tokaisi: "Voisihan tuota sairastavaa työntää kärryillään eteenpäin, mutta taitaa olla kallis lasti kärryissä, eikä itsekään mahtuisi kyytiin!"

Mies jo meinasi huutaa, ettei hänen kärryissään mitään ollut, mutta häpesi liikaa. Niinpä hän siinä sairasti päivän, kaksi, ja nukkui niin syvää unta, ettei jaksanut nojata kärryihinsä, vaan valui laukkuaan vasten nukkumaan. Niinpä joku öinen matkaaja sai hänen kärrynsä varastetuksi hänen vierestään. Kun mies sitten heräsi ja näki kärryjensä kadonneen, hän huokaisi helpotuksesta, kun muisti niitten olleen tyhjät, ja totesi laukkunsa sentään olevan tallessa. Hänen olonsa oli jo parempi, kun mahavaivat olivat hellittäneet, ja hän söi vähän matkaevästä ja jatkoi kulkuaan nyt vapain käsin.

Päivän kuljettuaan mies löysi tyhjät kärrynsä tienposkeen hylättynä. Kuorman peite ja kiinnitysnyörit oli viety, mutta kärryt olivat ehjät. Siinä mies mietti hetken aikaa omaa vaellustaan; mistä oli tullut ja minne menossa, ja mitä hän halusi mukanaan kuljettaa, ja mihin suunnata. Ja niin hän kääntyi kulkemaan takaisinpäin. Hän kulki niin kauan, kunnes tapasi tuon varattoman leskivaimon, jolla oli rampa lapsi sylissään, rahjustamassa tienvartta eteenpäin.

”Nyt ovat kärryni tyhjät, mutta ehjät ja puhtaat! Laske lapsesi kyytiin, niin työnnän häntä, minne sitten olettekaan menossa!” mies sanoi. Leskivaimo laski lapsen sylistään kärryihin, ja mies antoi lapselle loput eväistään. Kun äiti ja lapsi olivat päässeet määränpäähänsä, leskivaimon synnyinperheen luo, antoi talon emäntä miehelle paljon kaikkea tarpeellista ja hyvää; syötävää ja tarviketta vaellusmatkalle.

Nyt oli miehen hyvä jatkaa matkaansa kärryineen, eikä hän enää kuormaansa peitellyt, olivatpa kärryt tyhjät tai täydet. Ja hän tarkisti myöskin aika ajoin, ettei mitään valunut hukkaan tielle. Ja jos tien varrelle sattui joku, joka jotakin tarvitsi, saattoi mies antaa tälle jotakin siitä, mitä oli itse lahjaksi saanut. Tiesihän mies nyt, että tyhjempää kärryä oli kevyempi työntää kuin täyttä, mutta ilman kärryä oli vaikea kuljettaa enempää kuin itsensä. Ja kuormakin saattoi vaihtua aika ajoin, ja se oli hyväkin, koska eihän kukaan halua syödä kärryllistä homeisia nauriita.

SANOJA KUNINKAALLE

Jos sinut on valittu kuninkaaksi, vaikket itse ole siihen asemaan pyrkinyt, ole itsellesi rehellinen. Kysy siltä väeltä, joka on osoittanut luottavansa sinuun, mitä he sinulta odottavat. Jos he odottavat sinun kykenevän johonkin, mihin et itse usko kykeneväsi, ole rehellinen ja myönnä avoimesti oma epäröintisi. Älä teeskentele ja vakuuttele täyttäväsi heidän odotuksensa. Lupaa vain se, minkä uskot voivasi pitää. Ei sinun tarvitse heitä mielistellä, vaan olla luotettava ja vastuullinen. Et sinä tarvitse heidän ihailuaan, vaan luottamuksensa, eikä sitä saa heitä huijaamalla ja teeskentelemällä.

Koska kukaan ei voi tietää kaikesta riittävästi, eikä ehdi elämänsä aikana paneutua kaikkeen, eikä ylipäätään voi osata kaikkea, tarvitset itsellesi hallintoneuvoston. Valitse sinne ihmisiä, joiden viisautta on punnittu elämän koettelemuksissa, ja jotka ovat osoittaneet omassa elämässään pyrkivänsä hyvään. On parempi, etteivät he ole itse tarjoutumassa vastuulliseen asemaan, kuten moni valtaa tavoitteleva on. Ota mieluummin se, jota joudut pyytämään, kuin se, joka tarjoutuu itse. Ota mieluummin nöyrä ja rehellinen kuin itsevarma ja rehvakas. Jos joku tuo itsestään esille vain onnistumisensa ja samalla moittii toisia, hän ei ole kelvollinen kansasta huolehtimaan. Hän ajaa vain omaa etuaan ja pyrkii olemaan olevinaan muita parempi.

Muista, että itsekin olet osa kansaa, etkä hyppysellistäkään arvokkaampi olento kuin polun varressa kerjäävä ihminen. Muista myös, että olet osa luomakuntaa, ja jos sinussa on enemmän arvoa kuin hyttysessä, se ei ole sinun omaa ansiotasi, vaan annettua. Ole siis nöyrä ja muista pysyä samalla tasolla kuin se kansa, josta huolehdit. Sinua on pyydetty palvelemaan, ei määräilemään. Sinut on kutsuttu huolehtimaan muista, ei hyötymään valta-asemastasi noitten toisten kustannuksella.

Hyvä hallitsija pysyy vallassa, koska kansa niin toivoo. Huono hallitsija pysyy vallassa, jos pysyy, vain pelolla ja sorrolla, tai valheitten ja teeskentelyn kautta. Luovu kruunusta mieluummin ennen kuin joku sitä sinulta vaatii, kuin vasta sitten, kun linnanpihalle tunkeutuva väki uhkaa tuhota kotisi ja ajaa sinut matkoihisi. Jos olet tehnyt parhaasi ja sinulla on hyvä omatunto, voit jättää kruunun ja lähteä rauhassa, vaikka kansa melskaisi lähdöstäsi. Jos tiedät toimineesi väärin kansaa kohtaan, pyydä anteeksi ja hyvitä se, minkä voit, niin saat ehkä sentään pitää henkesi.

Valitse hallintoneuvostoosi se, jonka kanssa jaat oman elämäsi; oma kumppanisi, jos sinulla sellainen on. Hän, joka tuntee sinut parhaiten, näkee sinun lävitsesi, jos yrität teeskennellä muuta kuin olet. Jos olet liian rehvakas muitten edessä, hän palauttaa sinut maan pinnalle. Ota Neuvostoon mukaan myös joku, jota sinä ja kumppanisi kumpikin arvostatte; joku, joka edustaa teille Kaikkeuden Luojan viisautta, rakkautta ja voimaa. Ota edustaja kaikista kansan ammateista ja asemista; ota niin kerjäläinen kuin kyökkipiikakin, soturi kuin kartanpiirtäjä, mylläri kuin kirjanpitäjäkin, ja myös lapsia kasvattavia vanhempia. Tarvitset heidän ymmärrystään, jos mielit ymmärtää koko kansaa. Heidän on kuitenkin oltava riittävän taitavia ajattelijoita osatakseen pohtia myös toisten jäsenten asioita, ja kyetäkseen katsomaan asioita myös muitten näkökulmista, eikä vain oman vatsansa ympäriltä.

Ennen kaikkea Neuvoston jäsenten on oltava luonteeltaan rauhantahtoisia, ei sotaisia tai riidanhaluisia. Vältä myös ahneuden merkkejä ovelissa silmissä, tai levotonta, pälyilevää katsetta ja kärsimättömyyttä. Jotkut ihmiset sopivat paremmin muunlaiseen työhön kuin neuvonpitoon ja toisten kuuntelemiseen.

Ei ole pahitteeksi ottaa Neuvoston jäseneksi myös narria, koska vastuuseen laitettujen on hyvä osata sietää kritiikkiä, ja myös nauraa itselleen. Narri pukee sanoiksi sen, mitä muut eivät tohdi sanoa ääneen, ja toimii usein myös hiljaisemman väen äänitorvena.

Muista, että kuninkaana olet sillanrakentaja erimielisten ihmisten välillä. Jos saat olla kuninkaana monia vuosia ja teet työsi hyvin, sinusta tulee silta, jolle kuka tahansa uskaltaa luottavaisena astella. Mutta koska olet itse silta, sinä päätät, päästätkö kulkijan ylitse vai et. Olkoon sinulla viisas sydän, niin tunnistat kulkijan aikeet.

Kuninkaana saat itsekin nauttia enemmän rauhaa, kun olet armollinen ja hyväntahtoinen. Saat enemmän tukea, kun annat tukea.

Saat enemmän kunnioitusta, kun osoitat kunnioitusta. Kielteisyydellä et saa myönteisyyttä. Uhkailulla ja pelottelulla et saa kunnioitusta, vaan pelkoa, ja pelko voi jonakin päivänä iskeä sinuun kuin miekanterä, joka kiertyy takaisin ja uppoaa iskijänsä kehoon. Kansaansa halveksiva ja riistävä kuningas on kuin hölmö, joka sahaa oksaa, jolla istuu.

Kansassa on monenlaista väkeä, eikä sinun tule suosia eikä halveksia heistä ketään. Kun katsot ulos ja näet metsän tai niityn, näet, miten sielläkin kasvaa monenlaisia kasveja ja elää monenlaisia olentoja. Kaikille on paikkansa. Jos suosit yhtä, jotkut muut kärsivät. Jos syrjit joitakuita, jotkut toiset ottavat vallan ja horjuttavat tasapainoa. Kasvitkin osaavat sovittaa kasvunsa toistensa mukaan ja tehdä yhteistyötä keskenään. Jos ihminen ei siihen kykene, hän voisi yhtä lailla olla rikkaruoho.

Kuninkaalle on hyväksi ymmärtää niitäkin, jotka ovat erilaisia, ja tarkastella asioita monenlaisista näkökulmista. Viisaan kuninkaan on hyvä ymmärtää sekin, että muutos on väistämätöntä. Kaikki menee eteenpäin, eikä paluuta menneeseen ole. Jos joku keskittyy kasvattamaan itseään omassa asemassaan, mutta kaikki muu menee eteenpäin, hänen kasvunsa on turhaa. Ei hän kehity ja uudistu, vaan jää paikalleen itseään paisuttamaan, ja elämä lipuu hänen ohitseen. Kuningas, joka käyttää aikansa, voimavaransa ja määräysvaltansa kasvattaakseen omaa mainettaan ja vaikutusvaltaansa, on kuin patsas, joka ei auta ketään eikä tee mitään kenenkään hyväksi. Eikä kukaan näe sellaisessa patsaassa enää ihmistä, vaan typerän esineen, jonka väkijoukot tai olosuhteet pian kaatavat.

Missä sitten oletkin, oletpa sitten omassa linnassasi, makuukamarissasi tai valtaistuinsalissa, tai matkalla omassa valtakunnassasi tai vierailulla toisen hallitsijan luona; olitpa oman kansasi edessä tai vieraitten keskellä, tapaatpa kerjäläisen tai mahtimiehen, muista, ettet ole sen enempää tai vähempää kuin nuo muutkaan. Jos et sitä muuten muista, niin ota muistisi avuksi jotakin, mikä kulkee aina mukanasi, eli oma kätesi.

Katso omaa kättäsi ja palauta mieleesi sen avulla ne asiat, jotka auttavat sinua kohtelemaan itseäsi arvostavasti, ja toisia kuten kohtelet itseäsi. Peukalon avulla muistat, että olet Kaikkeuden Luojan luomus ja sellaisenaan hyvä, eikä sinun pidä itseäsi kirota eikä toivoa olevasi joku muu kuin olet. Samoin on tuon toisen ihmisen kohdalla; hänet tulee hyväksyä sellaisena kuin hän on, aidosti. Et sinä voi häntä arvioida vääränlaiseksi, vaikka hän olisi erilainen kuin itse olet.

Etusormen avulla muistat, että sinulla on oikeus olla omanlaisesi, ja samoin on oikeus tuolla toisella olla sellainen kuin hän on. Keskisormen avulla muistutat itseäsi siitä, ettei sinun tarvitse miellyttää kaikkia kohtaamiasi ihmisiä, eikä kaikkien tarvitse pitää sinusta. Ei myöskään noitten muitten tarvitse olla sinulle mieliksi, tai käyttäytyä niin, että sinä voisit heistä pitää. Sinun on kohdeltava heitä arvostaen, vaikket pitäisikään heistä henkilökohtaisesti.

Ja vaikka olisit yksin ja ilman omia läheisiäsi, nimettömän avulla muistat, että voit olla uskollinen ystävä itsellesi. Olet aina itsesi ystävä, joka neuvoo, rohkaisee, lohduttaa ja kannustaa; eikä tuomitse ja lannista sinua, vaikka erehtyisitkin, vaan ohjaa kunnioittaen ja rakkaudella oikealle tielle. Muistuta tästä niitäkin, joita kohtaat; että hekin kohtelisivat itseään kuin parasta, uskollista ystäväänsä, niin valtakunnissa voisi vallita niin sisäinen kuin ulkoinenkin rauha. Onhan niin, että sodat syttyvät ihmisen sisäisistä ristiriidoista, ja mielen sisäinen sota rauhoitetaan rakkaudella.

Pikkusormesi avulla muistat, että tarvitset aika ajoin samanlaista hoivaa, turvaa ja lohtua kuin pienokaiset. Tarvitset myös ilonpitoa ja leikkiä; mielikuvituksesi vapaata juoksua. Sisälläsi on yhä lapsi, jolle sinä olet vanhempi. Vaikket olisi itse saanut hyvää hoitoa omilta vanhemmiltasi, voit tehdä itse paremmin ja huolehtia omista tarpeistasi. Turvalliseksi olonsa kokeva lapsi on iloksi itselleen ja toisille. Muista tämä kohdatessasi muitakin ihmisiä; heistä isoimmankin sisällä on lapsi, ja yhteinen leikki on aina parempi tapa viettää aikaa kuin nujakointi ja kinastelu.

Kädessäsi on vielä jäljellä kämmen, ja sillä voit kuvitella piteleväsi helmeä. Sinä olet kuin helmi, ja sitä katsellessasi muistat, että olemassaolosi on ihme, ja sillä on tarkoitus. Et ole syntynyt sattumalta, etkä myöskään ihmisen tahdosta ja suunnitelmasta, vaan ihmeen kautta, juuri sellaiseksi kuin olet. Ei sinua olisi ihmisjärjellä pystynyt suunnittelemaan ja luomaan. Muista siis, miten valtava ihme piilee sinun olemassaolossasi, eikä se ole turhaa. Sinä olet osa Kaikkeutta. Sinulla on ikuisuus aikaa olla tuo osa. Ja samoin on muittenkin olevaisten kohdalla. Heidänkin olemassaolonsa on ihme, vaikka he vaikuttaisivat aivan arkipäiväisiltä, tai vaikket itse pitäisi heitä erityisen ihmeellisinä. Kunnioita heidän olevaisuuttaan hyväksymällä heidät, koska he ovat olemassa, kuten sinäkin.

Vaikka olemassaolosi onkin ihme ja olisit kuningas omassa valtakunnassasi, älä tee itsestäsi patsasta tai muutakaan kuvaa. Ole se, joka tunnet olevasi; älä se, miltä haluat näyttää. Silmät mielivät yhtä jos toista nähtäväkseen, mutta mikään näkyvä ei ole pysyvää, ja silmissäsikin voi olla vikaa. Näkyvä maailma voi yhtä lailla olla vain mielesi luoma harha, joten älä laske mitään sen varaan. Joskus näet todellisuuden paremmin, kun käännät katseesi sisäänpäin. Ole tietoinen siitä, mikä on, ja hyväksy se. Ole läsnä tässä hetkessä, koska vapaus ja rauha ovat käsissäsi vain nyt, juuri nyt.

Sinut on laitettu paljon vartijaksi, kun olet vastuussa niin itsestäsi kuin kaikista muista, joita kohtaat. Älä kuitenkaan säikähdä vastuuasemasi tuomaa kärsimystä ja ahdistusta, äläkä pakene sitä, vaan kohtaa se kuin ottaisit vastaan viestintuojan. Kärsimyksessä ja ahdingossa piilee avain pelastukseen, vapauteen, rauhaan ja iloon. Jos totuuden kohtaaminen tuottaa sinulle kärsimystä, niele se kuin karvas lääke. Kun lakkaat taistelemasta kärsimystäsi vastaan tai pakenemasta sitä, sinussa vapautuu mittaamaton määrä voimaa. Tuo voima taistelee puolestasi, etkä tarvitse muuta armeijaa. Käsittämättömän suuri, väkivallaton armeija on saatavilla joka hetki, kun löydät pelastuksen avaimen.

Ole oma kuninkaasi ja elä todeksi se, kuka olet.

T. H. HUKKA:
OHDAKEMAA

Ohdakemaan tarinoissa tapaat lisää Vaeltajia, prinsessoja ja prinssejä, kuninkaita ja kuningattaria, ritareita ja narreja. Ohdakemaakirjasarjaan kuuluu kaksitoista täyspitkää romaania. Tarinat keskittyvät ulkoisten tapahtumien ohella kuvaamaan ihmismielen moniulotteisia kokemuksia, ja kehittävät siten myös lukijan mielen teoriaa, "mielitajua". Kun eläydyt minäkertojan vaihteleviin mielensisältöihin, tunteisiin ja ajatuksiin, opit tiedostamaan yhä paremmin myös sitä, mitä omassa mielessäsi ja toisten ihmisten mielissä tapahtuu.

Sadunomainen keskiaika antaa puitteet monipolvisille tarinoille, joitten tapahtumat ovat sekä ulkoisia että sisäisiä, ja joitten herättämät kysymykset ovat ajattomia. Miksi oikeastaan olemme olemassa? Kuka on vihollinen, kuka ystävä? Annammeko epätoivon voittaa, vai jaksammeko uskoa siihen, että olemassaolomme on ihme ja sillä on tarkoitus?

Kolmen eri kertojan kautta etenevä *"Muukalainen, Vaeltaja ja Prinsessa"* käynnistää Ohdakemaan tarinoitten sarjan. Tarina alkaa pohjoisesta, pienestä Vaskikallion kylästä, jossa orpopoika Jokim joutuu vastakkain Tietäjäksi itseään kutsuvan muukalaisen kanssa. Muukalainen on lähtöisin Molcavarathiasta; ahneen kuninkaan johtamasta suuresta valtakunnasta, joka uhkaa levittäytyä yhä pohjoisemmas. Kylää koetelleen välikohtauksen jälkeen Jokimin ystävä Petrus lähtee Vaeltajaveljien mukaan. Hänen vaelluksensa myötä tarina siirtyy Ohdakemaahan. Kun Jooel Vaeltaja kohtaa Ohdakemaan kruununprinsessa Jelisepan, käynnistyy uusi tarina. Prinsessa Jelisepan tarina jatkuu seuraavassa osassa *"Prinsessa, Ritari ja Narri"*, jossa Jelisepa kertoo myös ystäviensä Josia Joshuanpojan ja Narrin tarinaa.

Ohdakemaa- sarjan kolmas osa *"Ruhtinaitten perilliset"* kertoo Jelisepan silmin ruhtinas Reuelin ja ruhtinas Willefin jälkeläisten yhteen kietoutuvista kohtaloista. Tarinan keskiössä on syvällinen, monipolvinen rakkaustarina, mutta se on myös kuvaus päähenkilön sielullisesta harhailusta ja henkisestä kasvusta, isän ja tyttären

90

suhteesta olosuhteitten ja elämäntapahtumien myllerryksessä, sekä ruumiinvoimiltaan heikompien alistetusta ja turvattomasta asemasta yhteiskunnassa.

Ohdakemaa- sarjan neljäs osa, *"Narrin tarina"* on takautuva kertomus siitä, mitä tapahtui ennen kuin Narri päätyy kruununprinsessa Jelisepan huoneiston aulaan todistamaan prinsessan "mielenvikaisuuskohtausta". Se jatkaa myös tapahtumien kuvausta siitä hetkestä, johon Jelisepa lopetti kertomuksensa edellisessä osassa. Narrin tarina on kertomus erilaisista ystävyyksistä, mieltä sekoittavista tunteista, uhkarohkeudesta ja sisäisistä ristiriidoista.

Ohdakemaa- sarjan viides osa, *"Kaksi ritaria"*, jatkaa jo tutuksi tulleitten hahmojen tarinaa prinsessa Jelisepan kertomana, aloittaen siitä hetkestä, johon Narri lopetti omassa tarinassaan. Jelisepa oppii, että ystävyyden osoittaminen sillekin, jota pelkää, voi muuttaa vihollisen ystäväksi, eikä rakkaus tee kenellekään mitään pahaa; sen on saatava virrata vapaasti, peloista ja ennakkoluuloista huolimatta. Ohdakemaa- sarjan kuudes osa, *"Narrinpoika ja luopioprinssi"*, kertoo aiemmista tarinoista tuttujen hahmojen nuorista jälkeläisistä, kuten Jethan Narrinpojan ja hänen ystävänsä Rowen Didrikinpojan koettelemuksista. Haasteitten keskellä heitä kannattelee luottamus, joka heihin on istutettu jo varhain; usko siihen, että heitä rakastetaan ja heillä on aina koti, jonne palata.

Ohdakemaa- sarjan seitsemäs osa, *"Vaeltajaprinssi"*, on Joshanan Rodolfinpojan kertoma tarina hänen ikätovereistaan ja ystävistään; kuten ylimystytöstä nimeltä Jiska, joka katoaa Neljän Valtakunnan Sodan aikana. Prinssi Joshanan kertoo omien koettelemustensa ohessa useamman itsensä kanssa kamppailevan, menneisyytensä vaikutuksista kärsivän ihmisen tarinan, jotka luovat pohjaa Ohdakemaa- sarjan seuraaville tarinoille.

Sarjan kahdeksas osa, *"Kuningas ja prinssi"*, on kahden omille tahoilleen sidotun miehen rakkaustarina ja samalla heidän kasvutarinansa. Rakkaus tekee kummankin elämästä rikkaampaa ja syvempää, mutta välimatka ja esteet kiduttavat kumpaakin. Saadakseen jonakin päivänä elää vapaasti rakastettunsa kanssa kuningas Rowen pyrkii vaikuttamaan valtakuntien välisiin suhteisiin. Kuningatar Mormessa, joka on vuosikausia vainonnut naapurivaltakuntiaan, julistaa sodan, jonka lopputulos ratkaisee samalla myös sen, onko Rowenin ja Erdanin rakkaustarinalla tulevaisuutta.

Ohdakemaa- sarjan yhdeksäs osa, *"Jaewulka"*, aloittaa prinsessa Jiskan lapsen tarinan. Kivisestä alkutaipaleesta huolimatta Jaewulka saa kasvaa rakastettuna lapsuutensa ja nuoruutensa vuodet; tosin, isällä on omat ongelmansa, ja äidillä omat taakkansa. Jaewulkakaan ei sopeudu joukkoon, eikä osaa elää kuten tavalliset ikätoverinsa. Ja ellei voi olla sellainen kuin oikeasti on, ei mitenkään voi löytää itselleen sopivaa seuraakaan. Kuka tietää, onko kenenkään apu loppujen lopuksi pyyteetöntä, vai tarkoittaako avun vastaanottaminen vain uusia kahleita?

Jaewulkan tarina jatkuu sarjan kymmenennessä osassa, joka kertoo, millaisen polun Jaewulka valitsee selviytyäkseen maailmassa sellaisena kuin aidosti on. Yhdennessätoista osassa kertojana on Jelizei, Jaewulkan pikkuveli. Hänen tarinansa kautta lukija oppii, ettei tärkeintä ole hallita tapahtumia ympärillään, eikä toisia ihmisiä, vaan olla kuningas omassa valtakunnassaan, mielensä sisällä.

Ohdakemaa-sarjan kahdestoista osa on kolmiosainen kokoelma niin kutsuttuja *"Warginmaan tarinoita"*, jotka kertovat tapahtumista ennen Ohdakemaa- sarjan aloitusosaa. Lisätietoa Ohdakemaan maailmasta löydät osoitteesta *ohdakemaa.blogspot.fi*.

Jos Ohdakemaan maailma kiehtoo sinua, lukemalla pääset mukaan ikiaikaiseen taisteluun hyvän ja pahan, rakkauden ja pelon välillä. Ja lukiessasi opit sen saman, jonka Ohdakemaan tarinoitten kertojat ovat oppineet itsestään ja elämästä, ollessaan tietoisina kertojina läsnä omissa tarinoissaan.

Astu lautalle ja anna virran kuljettaa,
tai päästä irti ja anna tuulen viedä sinne,
missä se milloinkin puhaltaa.